目次

短篇小說

極短篇小說

冬季裡的春天

她把羽絨外套脫下捓在腰際，出門的時候忘記先查看一下氣象，以為氣溫應該和昨天差不多，沒想到溫度落差那麼大，才走一段路就發現穿太多，但是要趕公車，沒時間回家換衣服。今天第一天上工，最好不要遲到。

近來她儘量不自己開車，尤其是下雪天，只要有公車到的地方一律搭乘公車。年紀越長，膽子越小，自己一個人開車總是戰戰兢兢的。自從上回在停車場倒車撞到別人的車後，感到開車比如履薄冰還讓人緊張。

地上原本潔白的殘雪快速融化，和掩在雪下的的塵土混成一灘灘褐色的泥漿。她的一雙短靴快速又規律的在泥漿上拍打，發出陣陣的輕響。

她沒想到自己真做上這份工，連兒子們都不相信她會出去打工。

◆

上星期有人在老人中心貼了張佈告，不少老人圍過去一起談論著。

她好奇走過去問怎一回事？她算是老人中心的新鮮人，半年前才加入書法班。

大家七嘴八舌向她解釋，「我們附近的大商場和百貨公司在招臨時工，妳知道，十一月中開始是採購旺季，幾乎每家店都在招人。」

「現在的孩子都不願意打臨工賺零用錢，就想到我們老先生老太太。」

「大概覺得我們比青春期的小孩負責可靠。」

「怎麼樣有沒興趣？」

「可是我從沒做過這樣的工作。」她兩個兒子高中時都曾打過工，倒不是真缺那些錢，只是希望他們多點生活體驗。

「都是些簡單輕鬆的工作，誰都能做的……」

「是啊！我們都做過，沒問題的……」

抱著幾分好奇心，她決定去嚐嚐打工的滋味。

◆

她今年滿七十，除了牙齒偶而會出狀況，算是十分健朗。

兩年前老伴去世，兩個兒子怕她寂寞都歡迎她搬去同住。她謝了他們的好意，說會不時去小住幾天。她不願意打擾小家庭的生活，雖然和兩個媳婦都相處不錯，但長住一起就難說了。

一開始一個人過日子確實不習慣。老伴一向喜歡照顧人，家裡大小事一把抓。一起生活了四十多年，她習慣做他的跟班。家裡有什麼要修理的，她只要說一聲，馬上解決；出門也一定由他掌方向盤，她只需陪著說話。只有在他生病的最後半年，身體實在太虛弱，才一切由她作主。

他嚥下最後一口氣前，還不放心她一個人過日子，直交代兩個兒子要好好照顧媽媽。

兩年來她深居簡出，除了照顧院裡的花花草草，最常做的事就是去看老伴，換上從院裡摘去的花，然後和他說說話。

幾個老朋友不時會約她吃個午餐，但是對一些家庭聚會，沒老伴相伴她就失去了興致，看別人出雙入對，免不了會引起心裡的感傷。

半年前朋友告訴她，老人中心有人開書法班一周一次，問她要不要參加。

老人中心有不少活動，舞蹈、唱歌、橋牌等等，對她都沒太大的吸引力。她的朋友常對她說，別老悶在家啊！多走動走動，靈活腦筋才不會有老人癡呆症！進入老年最怕的大概就是得老人癡呆症，任何飲食或活動只要說對老人癡呆症有助益，一定大受歡迎。

她想她的確需要多點社交活動，所以加入了書法班。

書法班有十來個人，女多男少，大概所有老人活動都是這種局面。

老師是位八十多歲的退休教授，鶴髮童顏，中氣十足。

「不止懸腕，要懸肘寫大字，和練氣功一樣，足要穩，背要直，吐吶之間自然運作。」老師第一堂課就讓大家耳目一新，寫字練功，一舉兩得，能延年益壽再好不過，大家勤快地上課。

班上有位七十多歲的秦老先生，說是老先生其實也不算老，背脊挺直，健步如飛，看起比實際年紀年輕許多。秦太太多年前去世，秦先生去年才搬來這裡，和女兒家貼近點，彼此有個照料。

秦先生和她似乎很投緣，上課時常坐在她旁邊。

聽她說常搭公車出去買菜和辦事情，秦先生立刻說，他耳聰目明，駕車技術優良，如果她不嫌棄，他樂意為她效勞。只是到目前為止，她不曾麻煩過他。

◆

她的工作是在化妝品部門分送香水試用品，就是拿著一盤試用品在店前問往來的行人有沒興趣拿一份試試看。

在上工前，公司給她們開了一次講習會，告訴她們如何穿著打扮，如何吸引顧客。她從沒做過這種拋頭露面的工作，有幾分興奮，又有幾分緊張。

一早她把要穿的衣服鞋子裝在袋子，刻意提早出門，等到了公司再換，她可不敢穿著皮鞋在雪地裡走路。

公司要求她們穿暗色服裝，裙褲都可以，她找出一套自認最時髦的黑色褲裝，配上黑平底鞋，要站四個小時，穿高跟鞋可不是自找罪受！

今天也特別仔細上了妝，胭脂口紅都塗抹比平常厚重些。穿戴整齊，站在鏡前打量自己，不覺對鏡裡的自己微微一笑。她一向偏瘦，最近長了幾磅，這套衣服更顯挺拔合身。

退休後她幾乎不曾這麼盛重打扮自己，新買的衣服都屬家居便裝，還好這些年體態沒什麼大改變，不然還沒像樣的衣服可穿。

新染的暗棕色頭髮，加上俐落的造型，看起來還真年輕不少。

上工後第一次回來上書法課，秦先生盯著她看了一下，說，「妳看起來有點不一樣！」

「是嗎？大概是剪短了頭髮。」她摸摸頭髮說，「噢！差點忘了，還染了頭髮。去打工總要看起來體面點，是吧！」

「妳也去打工？每星期去幾天，累不累？」

恍惚間，她似乎聽到老伴在說話，老伴一向比她還會噓寒問暖。

「我一星期去四天，每天四小時，中間休息三十分鐘，所以並不覺得累，反正這只是六星期的短期工，做得好玩的，其實真的挺好玩的。」

上工的日子她感到精神特別好，心情也格外輕鬆愉快。昨天下班她給自己買了兩套洋裝，心想賺的工錢還不夠付置裝費，不過她並不在意，站在鏡前看著容光煥發的自己，一切都值得。

這天她穿著新衣，滿面笑容分送試用品，商場人潮隨著節日的到來而增加，她感受著節日帶來的歡樂氣氛。

突然一個熟悉的身影出現在她眼前。

「啊！秦先生，你也來逛街！」

「聖誕節總要給兒孫們買點禮物，說實在，我最怕逛街，也不知道該買些什麼，真想一人發個紅包了事。」

「是啊！還是我們中國人實際點。」她一面說一面照顧伸手拿試用品的客人。

「妳還有多久下班？」秦先生問。

她看了一下手錶，「還有四十五分鐘。」

「好，等妳下班我送妳回家，我再逛逛，等會見！」也不等她是否答應，秦先生轉身快步離開了。

果然四十五分鐘後，秦先生準時出現在店門口。

「怎麼沒買東西？」她看他兩手空空。

「還是不知道該買什麼，想讓妳提點建議，買禮物還是女性在行。」

「我也該開始買禮物了！」

「孩子們會回來過節？」

「感恩節會回來，聖誕節就各過各的了，大兒子請我去他家，我說要打工就不去了！再說，過節期間坐飛機，實在不是件輕鬆的事。」

商場離她家不到半小時車程，有人一路陪著聊天更覺得距離不遠。

「妳下次哪天上班，我送妳去。」臨下車前秦先生說，口氣不像詢問，而是命令句。

和他一起上了半年課，她知道他行事作風十分爽快大方，像上次書法班聚餐，大家分攤費用，算到小數點，他說，你們出整數就行了，不夠的我來補貼。

「那怎麼好意思，給你添麻煩！」她無法爽快答應。

「一點不麻煩，妳知道我常常一個人開車到處溜躂，有乘客一起聊天再好不過，而且我住的地方離妳家不遠，也算順路。」

◆

一天晚上書法班上的李太太打電話來，她以為是班上又計畫什麼活動，李太太說沒什麼特別事，隨便聊聊。東拉西扯一陣後，李太太突然冒出一句，「聽說妳和秦先生在約會啊？」

她楞了一下，以為聽錯了，「妳說什麼？」直覺地反問。

「聽說妳和秦先生在約會，是吧！」李太太拉大聲音說。

「約會？約什麼會？妳是在和我說笑啊！」

「不是說笑，真有人這麼說，說看到妳和秦先生同進同出。」

「秦先生順路載我上下班，這也沒什麼，嗯！是誰跟妳說這些的。」

「海倫說的呀！她說上星期常看到秦先生在店門口等妳。」海倫和她在同一家百貨公司打工。

「我和海倫說過我是搭秦先生便車，怎麼變成約會了！」她有點生氣，海倫一向和和氣氣的，怎麼也喜歡嚼舌。

「也不是她說妳在約會，是郁太太。前幾天我們歌唱班聚會，海倫隨口說，秦先生人真好，志願當司機接送妳上下班。郁太太直追問怎麼接送法，你們是不是有說有笑，然後就說你們在約會。」

郁太太常穿得花紅柳綠，臉上也仔仔細細塗脂抹粉像繁花似錦的春天。。她是活動中心的花蝴蝶，參加不少活動。上個月也加入了書法班，但是看得出她並不是真的對書法有興趣，每次只草草練習幾個字，就忙著找人聊天，尤其喜歡找秦先生說話。

老人活動中心裡有不少失偶落單的人，黃昏之戀時有所聞，去年就有一對結為連理，能找到另一個老伴是可喜的事，一個人過日子到底寂寞了點。不過她想她是甘於寂寞的人，她和老伴相知相愛一輩子，點點滴滴的回憶足夠伴她度過餘生，她不需要再尋個老伴。

年輕時總以為老年人必定心如止水，進入無慾無性的階段。現在自己步入老年，她發現在逐漸乾皺萎縮的皮囊下，幾乎每個人都保有一顆鮮活熱情的心，在追求伴侶的時候更顯出不減當年的活力，而這份活力男女幾乎不相上下。

再次上課，她發現郁太太似乎有意避開她，和別人依然有說有笑，只對她視若無睹。對於交朋友她一向隨緣，形形色色的人，不可能和每個人相契合，只求自己問心無愧。她不把郁太太的表現放在心上，專心練字。

◆

她越來越喜歡她這份臨時工，早上梳洗的時候，嘴裡不覺地哼著小調。秦先生照例準時接送她，她不知道這是不是和她的好心情有關。秦先生博學多聞，聽他講話的確是件舒暢的事。

當然工作本身就讓她十分歡欣，像萬聖節派糖果，只不過改成香水而已。每天人來人往，碰到健談風趣的人還會聊上幾句。平常難得見到的鄰居和舊同事也居然意外地見了面。大家知道她不是為錢打工，拿了香水都高高興興對她說，「Have fun!」她覺得美國人最值得稱讚的地方就尊重各種工作，不以工作做為貴賤的指標。

◆

感恩節期間，兒子兩家共八口回來過節。雖然有媳婦幫忙，她還是忙碌了三天。等他們都回去了，她居然如釋重負舒了口氣。她想她是習慣了簡單清靜的日子，也不知是好還是不好？曾經計畫年老時要和老伴一起做的事現在都擱在一邊，有老伴的日子像是騎兩輪腳踏車，呼嘯前進，順心應手；現在成了獨輪車，危危顫顫騎著，費力也無趣。雖然她自認甘於寂寞，但有時不知不覺做了老伴愛吃的菜，吃到口裡，淚水立刻沿著臉頰落入碗裡。

這天收了工，秦先生說，「餓不餓？要不要吃點東西再回家！」秦先生知道她的作息時間，早上十點上班，十二點休息三十分鐘，兩點下班。休息時間她會吃點自己帶去的點心，下班回家再吃午餐。

沒等她回答，秦先生又接一句，「我肚子在唱空城計，還沒吃午飯咧！」

「怎麼沒吃午飯？都兩點了！」

「今天早餐吃得晚，中午時候不覺得餓，現在是真餓了！」他誇張地拍著肚子。

「哦！不好意思讓司機空肚子開車，走，我請你吃中飯！」

「不行，不行，怎麼可以讓女士請客……」

「我搭你便車，請你吃頓飯，算來算去還是我佔便宜……」

「不行，不行，不能讓女士請客……」

「唉呀！你不是一向很乾脆的，怎麼跟我婆婆媽媽起來，如果你堅持不讓我請，那我們只好回家自己吃了！」

另一個我

拿到基因測驗報告，果然不出我所料，我真的和我媽沒任何血緣關係。雖然我早有心理準備，但還是不免感到震驚，像是一棟四平八穩的房子，突然失去地基，開始晃動起來。好在我已是二十歲的成年人，可以控制自己的情緒。

事情是從上個月看電視新聞引發的。

一對雙胞胎姊妹在幾個月大時被不同國家的兩個家庭領養，當時兩家養父母並不知道她們是雙生。二十年後因緣際會，雙胞胎居然團圓聚首，兩人不但打扮相似，語氣神態都形同一人。接受訪問時，她們異口同聲說，她們常感覺另一個我的存在，總覺得必須尋找失去的什麼！

是啦！她們恰恰說中我的某種無以名狀的感受。我總覺得有個人在遙遠的地方呼喚著我。

於是我開始懷疑我一定有個孿生姊妹。

我家人口簡單，就爸媽和我三人。在早年不講究避孕的年代，如果家裡只有一個孩子，可以說十之八九是領養來的。但在我這一輩，單一子女是常態，我從來不曾懷疑過我的出身，而且我爸媽對我萬分疼愛，我沒理由把自己和沒有人要的孩子聯想在一起。

我長得完全不像我媽。詳加分析，我的額頭和我爸有七分相似，鼻子有六分雷同。問題是，有這種額頭和鼻子的人不計其數，不能說我和爸爸有些共同點就確定我是他的孩子。

我了解一般國人領養孩子大都選擇緊守祕密，不希望孩子知道自己是抱來的。

我開始翻看我小時候相片，最早的一張是躺在醫院小床的嬰兒照，沒有一般媽媽躺在床上把嬰兒抱在懷裡的鏡頭。之後，就有很多在家裡照的相片，媽媽穿戴整齊，實在看不出是在坐月子的樣子。

我突然想到從來沒看過媽懷孕的相片。

家裡相簿都整整齊齊按年代排列。我仔細看我出生前幾個月的相片，相片不多，媽媽雖然不是穿貼身的衣服，但也看不出腹部有明顯的凸起。

我跑去問媽，「媽，為什麼相簿裡沒妳大肚子的相片？」

媽似乎被我突發的問題震了一下，停了五秒鐘才回答我的問題。

「什麼大肚子相片？妳幹麼想看我大肚子相片？」她反問我，我聽得出來她的語氣有些不自然。

「也沒什麼，我在看相片，突然想到這問題。」

媽回復笑臉對我說，「妳知道我不愛照相，大著肚子臃腫的醜樣子，我就更不愛照了！」

我並不滿意媽的答案，有點欲蓋彌彰的味道。

我繼續尋找蛛絲馬跡。

那天在路上無意間看到一家做親子基因鑒定的診所，我立刻走進去問了價錢，還好不算太貴，我存下的零用錢足夠支付。

第二天我很貼心地為媽尋找頭上的白髮，很仔細地拔下幾根髮根帶有圓圓小露珠的白髮。交給了檢驗所，等待謎底揭曉。

從小媽媽常會對我說，「妳長得真像一個人！」譬如對著鏡子幫我編辮子，她會望著鏡子裡的我，對我說這句話，或在餐桌上看著我吃飯，她也會突然冒出這句話。如果爸爸也在場，爸爸就會顯出不自然的神情，然後餐桌上就沉靜下來。最初我會追問，像誰？像誰？媽媽只淡淡的說，「妳不認識的。」老問不出答案，我也失去了興趣，心想大概是家族裡哪個去世的親戚吧！

在夢中，我常常跌落在另一個時空，也許我該說另一個環境，因為時代並非過去或未來，確確實實是我現在生活的時代。有時候夢中的我，正忙著用手機發短訊，或手裡捧著starbucks趕車上學。只是我處身的環境非常陌生，有時甚至天空還飄著絨毛般的白雪，生長在亞熱帶，我還不曾親眼看過雪，但是在夢中我真的可以感受到雪的冰冷與柔軟。

我拿報告給媽看。

「妳終於知道了！」媽拿報告的手有些顫抖，我知道媽心中穩固的房子剎那間也失去了地基，開始晃動起來。

我是家中唯一的孩子，我和媽媽非常親近，幾乎無話不說。現在雖然知道我不是她生的，但我知道這並不會改變我對她的感覺。養父母不願孩子知道實情，大概就怕孩子一但知道了就會產生距離感，而疏遠了感情，我確信我不會這樣。

我摟著媽對她說，「媽，這個報告並不會影響我對妳的感情，妳永遠是我最親愛的媽媽，我只是想知道我的出身……我是不是有個孿生姊妹？」

媽驚訝看著我，「妳怎麼知道？」

聽她這麼說，我已經知道答案。

接著我以玩笑口吻問道，「媽，妳從哪把我撿回來的？不是垃圾堆吧？」想到自己曾經是沒有人要的孩子，突然悲從中來，「媽，為什麼我的父母不要我？」我靠著媽的肩頭，帶著委屈的音調問。

媽撫著我的頭髮說，「誰說沒人要妳，妳是我們千方百計要來的……」媽的聲音有些哽咽，我抬起頭，看到她眼裡有著淚水。

接著我聽了一個我做夢也想不到的故事。

「妳親生媽媽也算是奇女子，她是個孤兒，靠自己半工半讀大學畢業，一心想出國深造，但是出國的經費無從著落。也是緣份吧！從朋友的朋友她知道我們千方百計想生孩子，於是她想到兩全其美的辦法。

我和妳爸都愛小孩子，還沒結婚前我們就夢想將來一定至少要有兩個孩子。但是結婚五年我始終無法受孕，去檢查才知道我這輩子根本不可能懷孕生子。我難過極了，你爸安慰我說如果我真想有孩子，我們可以領養一個。可是我怎麼也無法為不能生育釋懷，總覺得對不起妳爸，他比我還喜歡小孩，為此我還開始有了憂鬱症的徵兆。」

聽到這，我心疼地摟緊媽媽。爸爸的確是少見喜歡小孩的男人，看到小孩他總要逗逗，說些讚美的話，小孩看到他也不會見生。

小時候我調皮搗蛋做錯了事，扮黑臉的永遠是媽媽，我知道只要用含淚的眼睛看著爸爸，撒撒嬌，爸爸立刻會心軟對我百依百順。

「正當我陷入牛角尖的時候，妳親生媽媽即時出現。

那時候她在一家醫院工作，她說只要提供她留學經費，她願意以人工受孕方式為我們生個孩子，反正她已抱定一生將以事業為重，也許永遠不會結婚。

能夠讓你爸有自己的孩子，我當然喜出望外，但妳爸堅決不答應，我每天以淚洗面……」

說著說著，媽落下淚，彷彿回到當年的掙扎，我也跟著媽紅了眼眶。

媽擦擦淚繼續說，「妳知道妳爸是心軟的人，最終他還是妥協了。」

「所以我是爸的親身女兒？」

「妳是妳爸的親身骨肉，不相信妳可以去做親子鑒定。」媽看著我說。

「那我的孿生姊妹呢？」我想起之前媽默認我有個孿生姊妹這回事。

「妳是有個雙胞胎妹妹，她比妳晚十分鐘出生…」

確定我有個親手足，我急著問媽媽，「那她現在在哪裡？」

「我不知道！」媽帶著歉意的表情看著我。

「妳怎麼會不知道呢？」我有些不相信。

「我沒騙妳，我真的不知道！不過妳不必擔心，她是和妳親生媽媽在一起。」

媽看出我一臉疑惑，繼續說：

「她懷孕的時候，我們就知道她懷了雙胞胎，我和妳爸都興奮得不得了！老天爺真是厚愛我們啊！竟然一次給了我們兩個孩子。」媽笑著說，似乎又陶醉在當年的喜訊中。

「她懷孕期間害喜很嚴重，後來又挺個龐大的肚子，真是吃了不少苦頭。那時候我每天都會幫她做些好吃的營養品，陪她散步，她喊我大姊，我們真的建立了姊妹般的情誼。

她生產的時候也是我在產房陪她，當她痛得聲嘶力竭緊抓著我的手的時候，我真的覺得很對不起她，應該是我撕痛卻要由她承受！」媽嘆了口氣。

「本來說好，生完後不會讓她看孩子，免得無謂的牽掛。可是第二天我去醫院看她的時候，她百般求我讓她看看妳們。她說妳們的響亮哭聲一直在她耳邊縈繞不去，但是卻不能和妳們容貌配在一起，她希望看妳們一眼，在心裡存個永恆的記憶。」

媽嘆了口氣說，「將心比心，我怎麼能說不呢！」

一看到妳們，母愛的天性像股強力的噴泉讓她招架不住。她把妳們緊緊貼在左右兩頰，默默流著淚水，久久不肯鬆手。當時我看了也萬分難過，我真像是搶她孩子的壞人。」

唉！我可憐的兩個媽媽，我不自覺地摸摸我的臉頰，尋找我親生媽媽的餘溫。

「我可以理解她的心情，想想看，她無親無故，孤苦伶仃，現在有兩個最親近的可愛的小人兒抱在懷裡，怎麼會捨得割捨。

連我這不是親生的媽媽，第一次把妳們姊妹抱在懷裡就捨不得放手，何況懷胎十月血肉相連的親生媽媽……」

「所以妳看她可憐就把妹妹分給她了？」我替媽媽說了結局。

媽苦笑了一下，「妳們真的是老天爺給我們的最好的禮物，誰都捨不得放棄。

出院後，我請了一個媬母在家幫忙照顧妳們，我自己每天去妳親生媽媽那裡幫她坐月子。每去一次，我就覺得她比前一天看到她時更憔悴無神，對我送去的飯菜也沒胃口。原本她是那麼果斷自信、精力充沛的一個人，卻像個洩了氣的氣球軟攤在床上，我真擔心她得了產後憂鬱症。

有一天，她流著淚對我說，『大姊，對不起，我沒辦法實現我的諾言。我每天都想我的孩子，失去了她們我的生命似乎失去了意義，我求妳把一個孩子還給我！』

她提出這個要求後，我和妳爸掙扎了很久，把所有可以拒絕她的理由都找出來，希望她能理智對待這件事。但是最終我們知道母愛是無法用斤兩衡量，她說她不怕吃苦，不畏人言，可以獨當一面做個稱職的單親媽媽，甚至延後出國，等孩子三歲可以進學前班再繼續深造。

面對日漸消瘦的她，我們終於無法拒絕。

她是個有決心的人，她真的等了三年才出國。她出國頭兩年我們還保持聯絡，她還寄來幾張妳妹妹的相片……」

「什麼？妳有妹妹的相片？在哪裡？」

「妳都看過的，我把它們和妳的相片貼在一起，妳一直以為那是妳自己。」

我趕緊把相簿抱出來，要媽指出哪幾張是妹妹。

沒錯！她真的和我是同一個模子印出的兩個人。

「後來呢？」

「後來她說孩子慢慢懂事，為了避免節外生枝，所以不再和我們聯繫，後來她搬了家，我們真的就和她斷了線。」

現在我知道在這世界上我還有另外兩個親人，下一步我該怎麼做？

第二天我告訴媽媽無論如何我一定要找到我親生母親和妹妹。媽媽說我做事一向有親生母親的毅力和決心，只是茫茫人海何從找起。

我寫信去母親深造的學校，詢問是否有母親畢業後的任何資料檔案，學校回信說基於隱私顧慮恕不可奉告。

我開始在臉書搜尋，真希望會冒出有一張和我一樣的臉孔。

我仍然不時夢見自己處身於一個陌生的環境裡，譬如清澈湛藍的湖邊或廣闊碧綠的草原上。如果孿生手足有心靈相通的本事，夢中的我是不是在透過妹妹的眼觀看她所看的景物？妹妹會不會也在睡夢中進入我的世界？是不是也常感到有另一個自己遺落在世界的某個角落。

正當我一籌莫展的時候，事情卻急轉直下。

那天回家，媽興奮地對我說，「找到了！找到了！妳親生媽媽打電話來了！」

就是嘛！我們不曾搬過家，也沒換過電話號碼，她要找我們真是易如反掌。

「她說妳妹妹最近老問她是不是有個孿生姊妹，她想妳們已經成人，應該可以對妳們實說，她也結了婚，婚前她就告訴她先生妳們的事，嗯，妳還有一個弟弟……」

媽快速向我轉述她獲得的消息。

我快樂地聽著，突然想到事情所以會峰迴路轉，一定是妹妹接收到我尋找她的訊息。

我拿起媽媽給我的電話號碼，立刻撥了過去。

含一撮頭髮在嘴裏

沈平香逃避焦慮的方式是抓一小把自己的頭髮，放進嘴裡慢慢嚼，像嚼口香糖左右嚼著。

現在她嘴裡嚼著頭髮，雙手緊握方向盤，紅腫潮濕的眼睛有些茫然，臉上的還隱隱看得見半個掌印。

她下了決心絕不要女兒重複自己的童年。

三歲的小孩已經懂得察顏觀色。對著女兒一雙圓圓的大眼說謊，沈平香幾乎覺得是種罪過，也遲早會被拆穿。

「媽咪，妳為什麼哭？爸比為什麼講話好大聲？」女兒坐在後座不斷問她。

◆

她很清楚記得自己四歲時，第一次親眼看到爸爸用力把媽媽推到牆上。爸爸長像斯文，戴付眼鏡，如果穿上長袍就像古裝劇裡的白面書生。媽媽身材豐滿，個子中等，和爸爸站在一起並不顯得嬌小。但是在爸爸面前她像不堪一擊的泥娃娃，順著牆滑坐地上，弓著背，把臉埋在雙手間。爸爸走向前又在媽媽的腿上踢了一腳。她聽到媽媽細細的哭聲，跑上前抱著媽媽的頭一起哭。

「回房間睡覺去！」爸爸對她說。

媽媽擦著眼淚，把她抱起來。

◆

向承陽是沈平香第一個男朋友，也是唯一的男朋友。在他之前也不是沒人追她，她的面貌雖不嬌豔明媚，但粉嫩的鵝蛋臉，配上恰到好處的五官，像一朵蓮花在清水池悄悄綻放，賞心悅目。

大一剛入學她就感覺到在系上和社團裡有幾個男生對她有意，但她全都刻意迴避拒絕。少女情懷，她也一直憧憬一份甜蜜的愛情，但是她不想要甜蜜中附帶的酸苦辣。

當爸爸把一束花或一盒糖放在媽媽手裡，她手臂上的瘀青像一隻隻蝴蝶顫抖著，腫脹的眼睛閃著一絲絲的光芒。

四歲之後，沈平香的日子也跟著媽媽浸泡在酸甜苦辣的湯水裡，有時候她覺得自己快要窒息，就塞一捲頭髮在嘴裡嚼著，似乎如此才能製造維生的氧氣。

大三時她參加的社團去參觀一家頗具規模的報社，向承陽負責接待他們。那是他畢業後的第一份工作，還沒做滿一年，在他身上散發的朝氣活力如同刺眼的烈日，讓沈平香感到暈旋。

◆

爸爸平日不多言，但是他的視線似乎觸及家裡每個角落，甚至透視她和媽媽的內心世界。

有時候她坐在沙發椅後面玩玩具，爸爸會出其不意冒出一句：「香香，不要扯妳的布娃娃！扯壞了爸爸不會給妳買新的！」

媽媽在廚房煮飯，爸爸會在客廳一面看報一面說，「肉片切薄點！」「魚該翻面了！」「不要放太多醬油！」之類的話。

沈平香常想爸爸一定和螞蟻一樣有某種特異功力。小時候她常故意留幾粒飯或一小塊糖在地上，沒多久一定會有螞蟻出現，等螞蟻快吃到口，她立刻把東西移到別處，讓螞蟻重新尋找。她發現無論她擺在哪裡，最終都會被螞蟻找到。

久而久之，沈平香即使在自己的房間關著門也不免小心謹慎，彷彿爸爸的眼睛會隨時穿牆而入。雖然他們不常在她面前爭吵，但是隔著牆她可以很清楚聽到碰撞摔砸的聲音。

有一次她聽到玻璃破碎的聲響。等一切平靜下來，沈平香從自己房間門縫偷看，看到媽媽雪白的手背上有一條鮮紅的血痕緩緩移動著。

爸爸一定出門了，媽媽青腫的眼流著淚，斷斷續續向她的朋友在電話裡哭訴：「我撞到相框，玻璃片割到手……」

「不不，也不能全怪他，是我把他最喜歡的襯衫燙壞了……」

「不，他脾氣不好，我不應該惹他生氣……不，我不會離開他，他……他出去了，他一定是去買禮物給我……」媽媽一團糟的臉突然綻出一抹笑容，沈平香非常詫異，媽媽很痛為什麼還笑呢？

媽媽手背上的血痕，像一條蠕動的小蛇，常鑽入她的夢境。

◆

參觀報社後的第二個星期，上完課回宿舍，桌上有一盒用鍛帶綁著的巧克力。盒上畫了一個笑臉，還有一行字，祝妳有個愉快的一天，向承陽。

沈平香拿一顆巧克力放在嘴裡，閉上眼睛沈浸在幾乎讓她落淚的甜美滋味裡。

爸爸也常買巧克力給媽媽，但是沈平香並不愛吃，她總覺得裡面有媽媽眼淚的鹹味。

之後每隔幾天她的桌上就會出現一盒精緻的點心，每次收到禮物沈平香都會打電話去報社找向承陽致謝，她有些納悶為什麼向承陽不當面交給她。宿舍門口常有男生癡癡站著等女朋友，她暗暗期待在門口撞見他。過了好幾個月向承陽才把自己的手機號碼給她。後來她常責怪自己怎麼沒看出向承陽精心設計的陷阱，讓她一步一步心甘情願跌在裡面。

他們交換手機號碼後，向承陽除了繼續送她點心，還會不時留一行短訊，問她的行蹤。一直到半年後他才約她出去吃飯、看電影。

後來沈平香問他為什麼拖那麼久才追她，他揚著臉，牽動一邊嘴角，完全一副勝利者的神情，對她說：「我不容許自己失敗，我要確定有百分之百的勝算再行動。再說女人很……」他停了一下，似乎在找適當的詞句。「女人很奇怪，如果太積極追求會把她們嚇跑，不冷不熱，若離若即，反而能引她們上勾。」

「是你的經驗談嗎？」她問。

他笑而不答，沈平香想他在大學時不可能沒交過女朋友。

「所以你設計了圈套讓我心甘情願跳到裡面！」

「是的！我捉到了妳，永遠不讓妳離開！」他緊緊摟著她，在她額頭用力一吻，彷彿在留下所有權的印記。

他們成為正式情侶後，向承陽要求她退出所有學校的社交活動，她的課餘時間完全以他為主。

有一次沈平香的室友辦了個郊遊，硬拉她去，本來她一直推辭，但室友再三邀請，她也不好拒人於千里之外，而且正好向承陽要出差，她就答應了室友。

後來也不知向承陽怎麼知道的，再見面時他陰沈著臉，態度極端冷淡。

「妳破壞了我們的協定，妳說我們該怎麼辦？」

「我只是和幾個好朋友去郊遊，你也見過他們的……」

「還有男生，不是嗎？」

「哦！他們是小碧和苓苓的男朋友。」

「一堆男女混在一起，誰知道他們有什麼居心！妳知道我不喜歡妳和亂七八糟的人混在一起！」

「他們是我的朋友不是亂七八糟的人……」她想為她的朋友辯護。

「我是為妳好，不希望妳受到傷害！如果妳覺得妳的朋友比我重要，妳可以放棄我！」

沈平香選擇了向承陽。

如果沈平香成了向承陽的籠中鳥，隨著他們交往的時間越長，籠子的尺寸變得越來越小。婚後，沈平香整個人幾乎是貼著籠子，沒有轉身的餘地。

她一直認為他非常愛她，把他所有看似越線的行為都解讀成愛她的緣故。後來聽說他在大學曾瘋狂追求過的一位女同學和她有幾分神似，她的自信開始動搖。

和向承陽在一起越久，越覺得他的不可捉摸，在他平靜無波的外表下，她幾乎可以聽到濤天巨浪在他內心瘋狂拍打，讓她想起爸爸。對於他們的未來她有不祥的預感，但是如同飛蛾撲火，她不可自拔地向火焰走近。

◆

「女人就是賤，你對她好，她拿俏，不是愛理不理，就是無情無義和人跑了！」婚後，他把對她的約束做如是解釋。

向承陽的媽媽在他小學時和他爸爸離婚再嫁，留下兄妹由爸爸一手帶大。妹妹不愛唸書，高中畢業就在演劇圈鬼混。向承陽總覺得爸爸是沒骨氣的好好先生，才縱容妻女胡作非為。

沈平香記得曾問過媽媽為什麼不和爸爸離婚？「離婚？我從來沒想過離婚，夫妻吵架是常有的事，我不會放在心上。」媽媽似乎有意避開她的視線，低著頭整理桌上並不凌亂的書報。

沈平香想說你們不只是吵架，但是她說不出口，彷彿說出來就會把不堪一擊的媽媽壓倒。

在她上高中時，爸爸有了外遇，常常不回家，不知道是因為是作賊心虛，還是年紀漸長脾氣疲了，或者他不再在乎媽媽，反正沈平香感到家裡平靜多了，但是媽媽似乎更是愁眉不展，像個乾癟的氣球成天無精打采。

◆

婚後第二年，沈平香臉上第一次印上向承陽的掌印。

那天下班後，她就在廚房忙著她學的一道新菜，興沖沖端出廚房，迎面飛來一巴掌，一盤菜灑了一地，盤子也碎了。

「妳說妳和他是什麼關係？」向承陽瞪著要噴火的雙眼，指著她手機上的一短簡訊。

一時間，沈平香被突發的狀況嚇住了，反射性的用雙手擋著頭，只覺得到處是聲響，也知道向承陽在對她吼著些什麼，但是她聽不清楚他的問話。一切都變得扭曲怪異，房間是歪斜的，聲音是遙遠的。過了不知多久，也許只是一剎那，也許有一世紀那麼長，她才聽懂向承陽口中吐出的字句。

「妳說呀！妳和他是什麼關係？」向承陽把手機伸在她眼前。

她透著被打落的眼淚，模模糊糊看到一行字：「什麼時候有空，請妳喝杯咖啡？」

沈平香用手撫著發燙的臉，像做錯了事的孩子輕輕地說：「他是我媽好朋友的兒子，他……」她看到向承陽眉毛挑起，趕緊說，「他已婚有兩個兒子，前幾年移民國外，昨天下班在路上碰到，他說是回來出差……」

「妳幹麼把電話給人家？」他打斷她的話。

「我……」

「青梅竹馬的老情人？」

「你……」

「好了！不必多說！以後不准和他往來！」

沈平香知道他定了主意，爭辯也沒用，爭辯只會讓他說出更難聽的話。

不久，她又開始嚼她的頭髮，這個壞習慣她已經在多年前強迫自己戒掉。

如果吸煙會上癮，動了手也會收不了手，怒氣很自然就衝上手掌擊向對方，像播下了種子，從此沈平香身臉不時會出現一朵紅色掌花，甚至身上也會出現一朵朵瘀青小花。

沈平香不像她媽媽毫不掩飾身上她所謂的愛的印記，她記得媽媽曾在電話中對她的朋友說，「他愛我，重視我，才這樣。」沈香平選擇遮掩隱瞞，羞辱和悲傷只能自己啃食。

◆

當她想到離婚這兩個字的時候，她肚子裡有了她必須考慮的小生命。她生了個女兒，向承陽明顯有些失望，提醒她女兒從小就要嚴加管教。女兒眉清目秀，天生一副討喜的模樣，向承陽常背著沈平香逗她玩。在沈平香眼裡，他是個冷漠的父親，和她自己的爸爸一樣。

自從目睹爸爸動粗後，她有意無意地躲著他，爸爸也無意討好她，習慣成自然，他們就成了住在同一屋簷下的陌生人。媽媽曾告訴她，她應該有個弟弟，但是在她懷孕六個月的時候摔了一跤，流產後再也不能生育。她一直很想問媽媽，是自己摔倒的，還是被爸爸推的？

沈平香努力維持家裡的和諧氣份，夜裡再累她也不會要求向承陽去照顧女兒。一下班就去托兒所接女兒，回到家馬不停蹄忙著煮飯做家務。向承陽不喜歡外食，也不會進廚房幫忙。他願意做的是清潔工作，也不能說他願意，而是他幾乎潔癖的習慣迫使他不得不整理清掃。他的高標準讓沈平香疲於奔命。

多了一個小孩家裡似乎多了成倍的東西，沈平香儘量把玩具放在女兒自己的房間，在向承陽回家前一定把散在各角落的東西收拾妥當。

也許是女兒可愛討喜的模樣擊破向承陽的心防，他常買玩具給她，又常抱怨家裡像垃圾場。女兒的活動力隨著成長增強，玩具從自己的房間氾濫各處。沈平香有時候實在沒多餘的精力跟在女兒後面收拾，也顧不得向承陽的標準了。家裡一亂，向承陽的火氣像爐上的滾粥，碰到手必定灼傷。

向承陽像是一個身體裡裝了兩個人，生氣的向承陽和不生氣的向承陽是兩個世界的人。不生氣的時候，她可以和他平起平坐；一旦生氣，她立刻成了毫無尊嚴的下等人。婚前，滿臉怒容敲著桌子批評時事或罵公司人事不公的向承陽曾深深吸引著沈平香，而現在她感到的是恐懼和無助。

風暴後，他會買盒精緻的點心給她，一如當初他追求她時那樣。但是他從不道歉，反而是沈平香含著淚水頻頻請他原諒，她不該惹他生氣。

那天他們一起坐在沙發看電視，他拉著她的手，撫摸著她手臂上的一塊瘀青。

「妳恨我嗎？」

她搖搖頭，握著他的手說：「我知道你不是故意的……」

他把她拉近懷裡，她聽見他平靜的心跳聲。她願意放棄一切，只求這平靜的時刻。

「承陽如果你真的在乎我，你願意為我做一件事嗎？」他坐正身體看著她，眼神變得警戒起來。

「妳說！」他用不帶感情的語氣說，似乎想盡力表現出若無其事的樣子。

她低下頭避開他的視線，這是她想了很久的事，但沒勇氣說出口，現在無論如何她必須說出來。

她吸了口氣說：「去找專家糾正你的脾氣。」她避免說醫生兩字。

他聽了立刻站起來，豎著兩道濃眉，說：「妳這什麼意思?妳當我是神經病？」

「當然不是」，她急著說，「我只是想如果有人能幫你控制情緒，對大家……」

「我為什麼要控制情緒，妳不要沒事惹我就行了！」說完他走回臥房，用力把門摔上。

◆

日子在難以預測的陰晴替換中緩慢前進，有時候沈平香覺得自己像坐在一艘在汪洋中晃盪的小船裡，晃得她常頭痛失眠。

最近向承陽不滿公司的人事變動，心情不好，沈平香幾乎可以聞到他身上的火藥味。

今天下班她感到非常疲倦，心想大概感冒了，回到家就躺在沙發上，讓女兒在一旁玩。迷迷糊糊中她聽到大門被重重的關上，驚嚇中彈坐起來，看見向承陽一腳把一個布娃娃踢得老遠。

她知道風暴來了，把電視開大聲讓女兒坐在客廳看電視。她走回臥房，向承陽跟著進來，鐵青著臉，眉端冒著怒氣，「家裡一團糟，妳就躺著看電視？」

「我不舒服，大概感冒了……」

「妳們女人就會裝模作樣，靠一張嘴混，什麼都不懂！」

沈平香知道他在罵新上任的女老闆，他已經數落她好多次，一定是在公司又有什麼不愉快的事發生。

「你休息一下，我去作飯。」她想盡快息事寧人。

「等等！」他捉住她的手臂，「我問妳，妳是不是又拿錢給妳媽了？」

媽媽最近身體不好，常看醫生，她知道媽媽手邊沒什麼錢，爸爸一向只給她固定的家用。她告訴媽媽不要節省，多買點補品保養自己。

「我是拿我自己賺的錢給媽媽，我……」

她還沒說完，突然飛來一個巴掌，她的臉上一陣火熱，像上千隻螞蟻在咬她。

「哼，妳們女人就會吃裡扒外！」他雙手抓著她的肩膀用力晃著說：「妳給我聽著，妳賺的錢是屬於這個家的，沒我的允許不准亂用！」說完把她用力向後一推。砰一聲，沈平香聽到自己腦裡嗡嗡作響。她抱著頭，跌坐在牆邊，串串淚珠掉落在地上。

「媽咪！媽咪！」她聽到女兒在大聲叫她。

沈平香感到萬分疲倦，身體像一團黏稠的泥漿往下流散。向承陽發完脾氣，摔門而去。她強迫自己站起來，心裡只想著一件事，她要離開這裡，她必須帶女兒離開這裡。

◆

沈平香意識到自己在嚼著頭髮，立刻吐了出來，然後用力甩到腦後，像是要甩掉一個惡夢。

「媽咪，我們要去哪裡？」稚嫩的聲音問著。

她茫茫然地像在思考著什麼，然後輕輕地說：

「媽咪要帶妳去個沒風沒雨，鳥語花香的地方。」像是在說給她自己聽。

我應該認識你

我可以感覺到一道強烈的陽光照在我臉上，腦子昏昏沉沉的，像是要進入夢中，又像是從夢中甦醒。

我慢慢睜開眼睛，感受到陽光的耀眼和熱度。

環顧四周是個陌生房間，赭紅的牆壁，掛著幾幅色彩強烈的抽象畫，都不是我的口味，只有鐵灰和淡黃交織的床單被套是我的色調。衣櫥裡掛著男人和女人的衣服，那些女裝都是我的，那件紫花裙子是上星期才買的，可是那些男裝不知道屬於誰？

很明顯的，我和一個男人住在一起，可是我真的一點印象也沒有。

床頭櫃上躺著一張紙條，是我自己的筆跡，寫著：記住！絕對不要原諒他！

披上掛在床頭的睡袍，想去廚房喝水，喉嚨感到好乾，輕輕咳一下，沙沙的，像是曾經哭過，在穿衣鏡前我被自己的模樣嚇了一跳，浮腫的眼睛像兩個大核桃，我睡前真的哭過，而且是狠哭了一場，什麼事讓我這麼傷心？

客廳沙發上有一個枕頭和一條毯子，昨晚有人睡在那裡，廚房洗碗槽堆了一些待洗的碗筷，我打開廚櫃尋找乾淨的杯子，看見有兩個天堂鳥花紋的馬克杯，那是我去年去夏威夷出差買的，我記得去年的事，可見我腦袋並沒太大問題。

客廳牆上掛了一張很大的黑白相片，一個女子很自在的坐在沙灘上眺望遠方，我走近一看，那女子竟然是我，再看書架上的幾張小照，都是我和一個男人的合照，那個男人長得真帥啊！

雖然這是個陌生環境，我並不覺得可怕，因為很多證據證明我是住在這裡，只是不記得這是什麼地方，也許昨天出了什麼意外，撞到了頭，引起短暫失憶。

我聽到開門聲，照片裡的男人走了進來。他身材瘦長，高聳的鼻樑從眉眼間直直劃到距上唇一寸之處，不遠不近，恰到好處，加上寬長的額頭，配上稜角分明下巴，整張臉如起伏有致的丘壑，是畫家筆下的人物。

「睡醒了？我給妳買了早點和咖啡。」他有些不自然地看著我，似乎不肯定要用什麼態度對待我。

「我想我應該認識你！」我有些尷尬地對他說。

「妳不要緊張，妳認識我，我們熟得很！」

「那為什麼我對你一點印象也沒有？」

「因為妳昨天說，妳希望從來不認識我！妳只要說出這句話，妳的願望就會實現，第二天妳就會把所有和我有關連的事件忘得一乾二淨，就像我們從來不認識一樣，就像妳現在對我的感覺。」

對他的胡扯我有些生氣和不耐，「別開玩笑了！到底是怎麼一回事？」

「真的，我說的是實話，這是妳第七次失憶，我們的關係像在繞著一個無形的圓形軌道行走，走到盡處又是起點。大概是算命的說我們是七世夫妻，所以怎麼也拆不散。」

「我為什麼要說，我希望從來不認識你？」

「妳每次氣到極點的時候，這句話就會脫口而出，似乎妳自己也無法控制。」

我把口袋裡的字條拿給他看，「所以這是針對你寫的了？」

他苦笑一下，說：「昨天我們又吵了一架，當我發現妳準備說那句要命的話，我想捂住妳的嘴不讓妳說，妳以為我要向妳動粗，使出全力向我反擊，看妳這麼嬌弱，力氣還真不小，妳看我腿上被妳踢了一塊瘀青。」

他撩起褲腿，真的有一塊瘀青，我覺得很不好意思。

「對不起！」

他笑笑，「不是妳的錯，那是妳的直覺反應，不過這是我們認識十年來第一次熱戰掛彩，等一下要照張相片留念！」

「什麼？我們認識十年了？」

「是的，從妳大二開始，噢，忘記告訴妳，我們還結過一次婚。」

「什麼？結婚？我和你？」他笑著點點頭。

他笑起來有個淺淺的笑窩，讓人看了心情也跟著輕快起來。

他說的雖然玄奇，但是讓我又不得不信。

「我們為什麼會分分合合這麼多次？」

他拿起咖啡走向窗口，慢慢喝了一口。

「妳猜得出我的職業嗎？」

我注意到客廳地上堆著很多鑲框的大張像片，大概和攝影有關。

「我是廣告設計師，也是專業攝影師，我喜歡美的東西，所以我對美女缺少抵抗力。」他看著我，做了一個無辜的表情。

目前他在我眼裡只是個不相干的陌生人，擁有一張能放在廣告海報的面貌，以旁觀者而言，他有許多女朋友似乎是理所當然的事。

「所以我們每次分手是因為你劈腿！」我不帶任何醋意。

「也不是每次都是真的，有幾次是妳誤會了！」他急著為自己辯護。

我不記得認何細節，所以無從辯證。

「下一步我會怎麼做？」我問他。

「根據以往的經驗，我們分手之後我會去找妳，然後妳很快又會愛上我！」他定定地看著我說。

我感覺雙頰微微發熱，希望他沒看出我在臉紅。

其實聽他講話我已經開始喜歡他了，可是理智告訴我，我不應該這麼快就回心轉意，我昨晚不是才和這人大吵一架嗎？

我定定心神說，「這房子是你的還是我的？」

「這是我們合租的，如果妳要繼續住，我就另外找房子，妳想搬出去，我就繼續住這裡，當然如果妳要維持現狀，繼續和我合租，那就更好了！」他開玩笑似的笑著和我說。

這房子相當寬敞，看起來也很新，房租一定不便宜，我可不想把大半薪水砸在房租裡。

要我繼續和一個陌生男人住在一起，也不大可能，雖然他說我們結過婚。

「我想還是我搬出去吧！」

「妳要搬去哪裡？」

我想了想，「先去我的好朋友傅琪琪那擠一擠，再慢慢找房子。」

「傅琪琪，妳要去和傅琪琪住？」

「有什麼不對嗎？你認識傅琪琪？」

「她是妳的好朋友，我當然認識她」

「對！我要先打個電話問問她。」我拿起電話很快撥了琪琪的號碼，我的記憶一點問題都沒有，這人說的是真實嗎？我只對他一個人失憶？

「嗨！琪琪，這是曉維，我……」

「曉維！妳和谷淵談過了？妳聲音那麼沙啞，哭了一晚上？我真的不知道該說什麼，我……」

「誰是谷淵？」我打斷琪琪的話。

「我是谷淵！」站在我前面的男人說著，「讓我和琪琪說。」

我把電話給他，他似乎有意離我遠點，回應著電話，「嗯！嗯！她不記得了，她要搬到妳那，知道，好！」然後把電話掛了。

「我還沒說完哩！她跟你說什麼？」

「她叫我不要惹妳生氣，搬家的事等我們下班再說吧！」

「眼睛腫成這樣我怎麼上班！我想請假一天，不去上班了，也好有時間收拾東西。」

「那我去上班了！」出門前他回身對我說，「曉維，請妳原諒我好嗎？」

聽他叫我的名字我有觸電的感覺，我直覺地點點頭，是他做了某件事讓我傷心痛哭，可是我真的不知道要原諒他什麼！

他看我點頭，很滿意地關門離去。

收完行李，我在客廳看到一本大相簿，那是我和他的結婚照，日期顯示是三年前照的，我們結婚，離婚又同居，到底是怎麼一回事？

晚上在琪琪家，我要琪琪把她知道的一切告訴我，琪琪是我大學同學，我的死黨，我的事她一定清楚。她說這些事情她已經重播好幾次，應該錄音下來以後就方便多了！

「谷淵沒騙妳，他說的都是實話，這是你們第七次分手，還有沒有下一次誰也不知道！」

「都是為女人？」

「可以這麼說！」

「他那麼花心，我不應該答應他！」

「答應他什麼？」

「他送我來妳家的路上，約我明天一起晚餐。」

「老天！這麼快你們又開始約會！」

「這哪是約會，他幫我搬家，我怎麼好拒絕他！」我為自己爭辯。

「唉！反正你們是拆不散的冤家。既然妳要和谷淵見面，我想還是讓他自己告訴妳，到底這是你們兩人之間的事。」

谷淵說去御園吃飯。

「你怎麼知道……」我說了一半就止住，他當然知道這是我最喜歡的餐廳。

他想證明什麼似的，點了幾道菜都是我愛吃的。

到目前為止雖然我還沒辦法把眼前的男人想成是曾和我同床共枕的丈夫，但已沒有陌生感。

「我們結婚多久？」

「整整一年，結婚週年妳和我鬧情緒，然後妳就把我忘了，然後我們就離婚了！」

「鬧情緒？我為什麼和你鬧情緒？聽起來好像是我在無理取鬧。」

「反正妳也不記得了，不提也罷！」

他開始講我們怎麼認識，曾經一起去過的地方，做過什麼有趣的事，他說是幫我復習功課，他已經做了很多次，駕輕就熟了！

「你怎麼只挑快樂的事講，我們為什麼吵架分手你隻字都不提？」

「對於不快樂的事我是很健忘的，一件都想不起來了，所以無法向妳報告。」他耍賴似的聳聳肩，誇張地向我擠出一個笑臉。

他既然不願談不愉快的事，所以我們就在愉快的氣氛下進行晚餐。

回來後，我問琪琪知不知道我和谷淵離婚的原因。

她說大致知道。

「當然細節只有妳和谷淵清楚，妳是完全不記得了，我只能從那天晚上妳打電話向我哭訴，加上事後谷淵的敘述湊個大概，嗯！妳知道嗎？這是我第二次向妳解說妳離婚的原因，真該錄音下來。」

「那天是你們結婚週年紀念日，妳好幾天前就不斷暗示谷淵希望好好慶祝一下。那一陣子谷淵正為一個頗有知名度的女模拍廣告，大膽豪放的女模大概招惹得谷淵有些心猿意馬。那天拍完照，女模邀請他去一個朋友的聚會，對美女的邀請谷淵是不大會拒絕的，尤其是去好玩的地方。谷淵說他本來計畫去看看熱鬧，打打招呼就回家，但是喝了幾杯酒後，什麼計畫都忘得一乾二淨。

妳盛裝在家等他，準備一起出去晚餐，妳一直打電話找他，但怎麼也打不通，後來他說是手機沒電了，妳當然不相信，說他是故意關機。

他回家的時候滿身香水味，妳立刻開始發狂，說你們的結婚週年日，他卻和別的女人上床，當然他堅決否認，至於真相如何，他不說我也不知道。

晚上十點多妳打電話給我，哭得很傷心，說妳的心已碎成萬片，再也無法原諒他。」

聽她描述我彷彿是在看一齣電視劇，我並不感到傷心欲絕，只是對劇中人報以同情。

「哇，谷淵太過分了！不過第二天我什麼都不記得了，幹麼還要離婚？」我有些驚訝自己會這麼說，難道潛意識裡我希望和谷淵現在還是夫妻？

「小姐，那時候他在妳眼裡完全是陌生人一個，就像現在一樣，妳怎麼可能和陌生人當夫妻，記得妳那時說，如果有緣你們還是會成為夫妻，妳要從頭來過。轉了一圈，現在妳又要重頭開始了！」

我在琪琪的小公寓住了一個星期就找到自己的房子，搬出來後我和谷淵的聯繫更為頻繁，在琪琪家他打電話來我儘量長話短說，琪琪似乎不很贊成我和谷淵交往，她說，我和谷淵現在是敵暗我明的狀態，對我來講並不公平，谷淵對我瞭若指掌，當然很容易討好我，讓我對他失去防線，很快又會落入他撒下的情網。她說我應該放慢腳步，對谷淵徹底了解後，再決定要不要繼續，免得重蹈覆轍。

谷淵是個有趣的人，他像是充滿好奇心的大孩子，毫不忌諱說他想說的話，做他想做的事，有他在的場合，四周的空氣都變得活潑起來。見過幾次面，我就知道我開始愛上他了！

下班後我去健身房做運動，和谷淵約好來接我一起晚餐，我正在門口東張西望，有人在我肩上輕拍一下。

「啊，品玉，妳怎麼在這裡？」

宋品玉是我和琪琪一起上瑜伽課的朋友，因為年齡相近我們三人偶爾會一起聚聚，那是兩年前我離婚之後的事，後來她被調到中部上班，我們就沒再聯絡。

「我最近才調回來，太好了！又可以和妳們聚會。」

正說著看到谷淵在車裡向我招手，我匆忙和品玉道別，約好明天再聊。

第二天我果然在健身房大廳見到品玉，她坐在那裡，似乎刻意在等我。

我們一起去更衣室，聊著彼此近況，她問我：

「昨天來接妳的是妳男朋友嗎？」

「可以算是吧！」我笑著說。

「噢！我以為他是琪琪的男朋友。」

我帶著疑惑等她說下去，她卻看著我在等我解釋。

「為什麼妳說他是琪琪的男朋友？」還是我忍不住先發問。

「去年我去中部前有一次在電影院碰到他們，還和他們打了招呼，當時他們手牽手，很熟的樣子，所以我以為他們是男女朋友。」

琪琪和谷淵手牽手看電影？我怎麼不知道！

「妳沒看錯人吧？」

「不會錯！長得那麼帥的人並不多，不大可能認錯！」

我感到全身發軟，借口不舒服，離開了健身房。我打電話找琪琪，她說公司有些事會晚點回家，我說我會去她公寓等她，我有她公寓的鑰匙，她問我有什麼事？我說見面再說吧！

琪琪回來時，看我坐在她黑暗的客廳發呆，她打開燈，坐到我旁邊說：「怎麼了？又和谷淵吵架了？」

「妳和谷淵有什麼關係？你們什麼時候在一起的？」

「妳知道了？還好妳沒像上次發現時那麼激動！」她舒口氣，臉上甚至浮上輕鬆的一笑，我感到不解。

「在健身房碰到宋品玉，她說曾經看到妳和谷淵手牽手看電影。」

「噢！原來如此！曉維妳不要生氣，我確實曾經和谷淵交往過一陣子……」

「什麼？妳……」我跳起來，打斷她的話。

「曉維別急，妳先聽我說完再決定要不要罵我！」她把我拉回坐在她旁邊。

「妳上次和谷淵分手，也就是你們離婚以後，他感到前所未有的沮喪，下定決心不再招惹妳，有一天他打電話給我說他很鬱悶，想找我聊聊，正好那時候我和陳項明分手不久，妳應該記得陳項明吧！」

我點點頭，「當然記得，妳為他不吃不睡，瘦成皮包骨！」

「兩個寂寞的人，就開始互相取暖，雖然我知道他和我接近，其實還不是放不下妳，和我往來等於間接接近妳，至於我，妳必須承認谷淵是很難讓女人拒絕的男人。」

「可是妳明明知道我和他的關係，妳怎麼能和他在一起？」

「這是我的不對，我一直很後悔，也許是因為那是我感情最脆弱的時候，判斷力被受傷的心破壞了！」她笑笑對我說，「其實算起來妳才是第三者，我和谷淵交往是你們分手之後，我們一直有意避著妳，可是你們是拆不散的鴛鴦，沒多久你們又走在一起，所以我和谷淵交往的時間並不長。」

「那天晚上，妳無意中發現我和谷淵的親密合照，妳大哭大鬧，谷淵還沒機會向妳解釋，妳就說出那句話，後來的事妳就知道了！」

「那麼說這次分手是因為妳？」

她點點頭，想了一下，繼續說，

「妳相信嗎？那時候我真慶幸妳和谷淵復合。」

「為什麼？那妳不是失戀了？」

「不！妳讓我如釋重負，事實上如果妳沒和他復合，我和他也不會有什麼結果，我們並不相愛，他那人也只有妳有忘記的本事，才能交往那麼久。」

「他真的有那麼多的缺點嗎？」

「也不能說是缺點，他天性如此，他隨著本性行事，就苦了身邊的人。他不會主動拈花惹草，但是對於主動的美女，他是一點抵抗力也沒有！曉維，妳為他流了那麼多淚，妳還要繼續嗎？」

我想了想，說：「我不知道！」

我真的不知道，因為我一點也不記得我曾經為他流淚，除了今晚。

雖然我開始勉強自己放慢腳步，提醒自己對谷淵要理智點，可是我的心卻不聽指揮，每天我期待能聽到他的聲音或和他見面。

週末和谷淵吃完晚餐，他說要帶我去一個特別的地方，每次和他碰面他都會給我一些驚喜。我們來到我的大學校園，這是特別的地方？他牽著我的手走到一棵大椰樹下，笑著說，這是我們初吻的地方。然後他輕輕吻了我，和他認識十年，我們一定吻過無數次，但這一吻對於我完完全全是初吻的感覺，記憶裡不曾和別人接吻過，和谷淵的吻又全部被記憶刪除，他的輕吻像一道強烈電流震盪我全身。

在這一吻後，我們似乎正式回到男女朋友的階段。然後我們的關係像脫韁野馬快速進展，半年不到我又搬回谷淵的住處。

逐漸地我發現谷淵對我的態度有些不一樣，似乎不再那麼專注，一起吃飯他的眼睛不再只放在我身上，常常會被漂亮的女人吸引去，我在想他也許就像小孩子得到心愛的玩具，很安心的收到玩具箱後，又開始尋找新鮮有趣的東西。我大概是他最心愛的玩具，他無法捨棄我，可是他又不能只擁有一個玩具而滿足。

我把我的疑慮告訴琪琪。

她說，「又要故態復萌了，曉維，妳有什麼對策嗎？妳能改變他嗎？還是妳選擇容忍？你們總不能永遠這麼分分合合？」

我從來沒預料我的愛情之路會這麼不平順，雖然我外貌長得不錯，但我從來不渴望我的結婚照是人人稱羨的俊男美女圖，我只希望有一個全心愛我的丈夫，共同建立一個溫暖的小家庭。我不懷疑谷淵對我的愛，但是和他交往像在波浪裡沉浮，真不是喜歡日子平靜無波的我所能承受，難怪每次傷心難過的時候會向他說，我希望從來不認識他。我和他難道就像飛蛾和燈的關係，無法用理智分離的致命的吸引力？雖然依我的個性我不會為情自殺，但是我是不是在虛擲我的青春？我會得到完美的結局嗎？

約好在他公司門口見面，我到的時候，他正和一個年輕漂亮，有雙靈動大眼的女孩說話，他介紹說是新來的公關。

看他們說話時眼裡放出的光芒讓我有些不安，我不想當一個愛吃醋的女人，但是根據我所知關於谷淵的歷史，我又不能不多心。

「淵，你真的愛我嗎？」晚上我們躺在床上看書，我放下書問他。

「這還要問嗎？妳離開我這麼多次，我不是又把妳找回來了！」他把我摟在懷裡，輕輕搓揉我的頭髮，說：「我再也不會讓妳離開！」

我真希望谷淵能恪守他的諾言，雖然他有賈寶玉的性情，但是他已經是個年近三十的成熟男人，如果他真心愛我，應該懂得克制自己的慾望。

我們的日子還是在甜蜜的氣氛下過著，初戀的感覺是美妙且令人沉醉的，是踮著腳尖在微風中旋舞，是躺在微晃的吊床上眺望藍天白雲，輕鬆愉悅，只想天長地久佇足於此。可是午夜夢迴，我又不想永遠沉湎在初戀的甜蜜裡，我希望我對谷淵的記憶是從頭到尾完完整整的，而不是像看一本書，每看完第一章就又回到首頁，看不到進一步發展，更不知道結局。

谷淵外出拍廣告要晚點回來，我獨自吃完晚餐，正在看電視，有人在敲門，竟然是那美麗的年輕公關。

「我能進來和妳談談嗎？」她是來找我的，我心裡立刻有了不祥的感覺。

我讓她進來坐，給她倒了杯冰水，等她開口。

「他是我第一個……」才說一句話，眼淚就斷了線。

「我不能離開他，如果不能和他在一起我情願去死……」

她哽咽地說不下去，我拿紙巾給她，她是第三者，我應該恨她，氣她，大罵她一頓，但是我開始安慰她，「別說傻話，他不值得妳去死！」

她擦著淚水，等心情稍微平靜後說：「那是因為他和妳在一起，妳擁有他！我真的很嫉妒妳，雖然我知道我不應該這樣，可是我愛他，我管不住自己，如果可能我真的想把他從妳身邊搶走，不過我知道那是不可能的，他不會離開妳！」

她充滿淚水的大眼，任何人看了都會於心不忍。

「我想了很久，只能來求妳！」

「求我？求我把他讓給妳？」

「求妳和我分享！」

「分享？」

「讓我們共同擁有他！」

「妳瘋了！這是不可能的！」

「為什麼不可能？」

「因為，因為愛情是唯一的，是獨有的，我不能……」

這突來的不合理的要求，讓我手足無措，我自認是個很大方的人，朋友向我借什麼東西我很少會拒絕。但是愛情不是一碟可以和大家一起分享的好菜，愛情這盤菜只能兩個人關起門細細地品嚐，多一個人就會破壞了滋味，甚至成了難以下嚥的毒藥。

為了安撫她的情緒，止住她源源不絕的淚水，我對她說我會考慮她的想法。

谷淵很晚回來，看我還沒睡，他有些驚訝。

「在等我啊！」他笑著說。

「我想問你一些事。」

「什麼大事啊！看妳一臉嚴肅的樣子！」

「我想問你和你們公司的年輕公關要怎麼收場？」

他立刻收了笑臉，「妳怎麼知道的？」

「我怎麼知道不重要，你為什麼又做出這種事？你答應過我，你忘記了嗎？再說人家好好的一個年輕女孩，你也要讓她像我一樣為你流淚，浪費青春嗎？」

說著說著我再也忍不住我的淚水。

「曉維，是她先找我的，我並不想和她……」

「你就會把責任推給別人，一個巴掌打不響，如果你無意和別人長久，你幹麼要開頭，為什麼要給別人假想，你就不會拒絕嗎？如果全世界的女人都向你示愛，你都接受嗎？你太讓我傷心失望，你身邊的每個漂亮女人你都不放過嗎？我真希望從來不認識你！」

這句話一拋出，我們倆像是停止了呼吸，四處一片死寂，我走回臥房躺在床上，流著淚，心想，明天又是一個新的起點嗎？

我哭著睡著了，起來頭昏昏沉沉，白辣的陽光刺著我張不開眼，我感到口乾舌燥，昨晚的事情一幕幕浮上眼前，我驚訝得立刻坐起來，啊！我怎麼沒失憶，我記得我們說的每一句話，那句話失去了魔力！

算命的說我和谷淵是七世夫妻，也許其中有些誤解，我們不是七世夫妻，而是此生我們有七次機會成為夫妻，很顯然的，七次機會已經用完了。

「嗨，我是谷淵……」他推門進來。

我把枕頭砸向他，大吼著，「我知道你是誰，你這個濫情花心，自私又不負責的男人，我永遠不想再見到你！」

我真心希望最後那句話能如我願，永遠不想再見到他。

那女人

「那女人」是代名詞，是個令人唾棄的代名詞，很多家庭裡或隱或顯都有這麼一個人物存在，至少我這麼認為。

「那女人」像是在原本健康的身體裡悄悄長出的一個腫瘤，運氣好屬於良性的，手術清除，就能回復正常；運氣不好屬於惡性的，藥石罔效，最終只能放棄。

屬於我家的「那女人」是有名有姓的，之前我稱她曹阿姨，我媽叫她的小名阿欣，直到有一天我媽很傷心地說，我真瞎了眼，會和那女人做朋友。從此曹亦欣的名字在我家消失，取而代之的是「那女人」，當爸爸萬萬不得已要提到曹阿姨也只能用「她」代替。當然我沒改稱曹阿姨「那女人」，但也無法繼續在我媽面前稱她曹阿姨，只好不主動提起她。

很多人會在「那女人」之間加上不雅的形容詞，好比「不要臉」、「爛」、「賤」等等貶低人格身分的字眼。我家對面的鄰居太太就常用高聲量的嗓門讓全巷子都知道她家出現了一個死不要臉的賤女人。我媽不善用髒話罵人，當她提起曹阿姨，雖然心裡萬分怨恨，也只會咬牙切齒地說，那女人！

當曹阿姨成為「那女人」的時候我還不滿十歲，對男女之間的感情糾葛並不十分了解。

爸爸討女人歡心，這點我從小就知道的。每次家裡請客，阿姨們總喜歡圍著爸爸講話。爸爸像個蓄電池，女人越多電量越足，談笑風生，場面熱鬧非凡。當年外公外婆反對媽媽嫁給爸爸，就因為覺得爸爸太浮誇太外顯，外婆說，像隻聒噪的大公雞。但是媽媽也像其他的女人一樣為爸爸的風采著迷，非爸不嫁。

最早進入我腦海的成語大概是「逢場作戲」這四個字。每次爸媽爭吵的時候，爸爸總會這麼說，逢場作戲，有什麼好認真的！

等我會查字典的時候，曾努力尋找這四個字的義意，雖然看懂了字典上的解說，但還是不了解為什麼爸爸要用這句成語。

我記得很清楚，曹阿姨是在我八歲那年出現在我家的。那年我生日她送給我一個非常別緻的鉛筆盒，到現在我還能仔細描述鉛筆盒上的圖案。那時候她剪了個瀏海覆眉的娃娃頭，長相沒有媽媽好看，但是她圓圓的臉上有一對酒窩，加上白細的皮膚，笑起來十分甜美。我最喜歡她的聲音，常有人用銀鈴般的笑聲來形容笑聲悅耳，當曹阿姨和爸爸講話的時候，真像撒了一地的銀鈴，叮叮噹噹不絕於耳。

曹阿姨是媽媽的兒時玩伴，失去聯絡多年，直到我八歲那年在另一朋友家巧遇，立刻又成了無話不談的好朋友。曹阿姨是個時髦新潮的女人，她說她不要結婚，喜歡單身的自由。

她的無拘無束的自由卻讓媽媽付出了代價。

媽媽不常請她的朋友來家裡聚會，但曹阿姨是例外。記得她常來我家吃飯，有她在，餐桌氣氛格外熱鬧，菜飯也格外香美，連挑食的我都會多吃半碗飯。

有一天我聽到媽媽哭著在講電話，太太總是最後一個知道……我怎麼那麼笨，引狼入室……

隨著爸爸的徹夜不歸，媽媽很明顯有了憂鬱傾向。

媽媽的眼睛老是濕濕的，和她說話她像是聽不到我的聲音。後來她辭了工作，沒必要幾乎足不出戶，也不接電話。大部分時間她捲縮在床上，只為了我勉強打起精神幫我張羅飲食，但是煮的飯菜不是太鹹，就是根本沒放鹽。

逐漸地，我們的家不再是爸爸的家，他只偶而回來拿他的東西。

媽媽看到他就會和他爭吵，說他和曹阿姨無情無義，背叛了她，逼問爸爸為什麼？她哪裡做錯了？

爸爸或許是覺得內疚，他並不反駁，只淡淡地說，感情發生了，也不是我能阻擋得了的……

後來就常聽到爸爸說，離婚吧！媽媽就哭喊著，不離，不離，我不會成全你們！

之後，爸爸就完全搬出去了。

有一天放學回家，家裡靜悄悄的，我喊了幾聲都沒回應，我想媽媽又躺在床上昏睡了。走進她的臥房，床上並沒人，我推開浴室的門，媽媽垂著頭，歪靠在浴缸旁，鮮紅的血從她手腕流著滿地。我驚叫跑去敲鄰居的門，鄰居們聽到我的哭喊，紛紛開門探問，有人立刻打電話叫救護車，有人用布把媽媽的手紮緊止血，也有人忙著安撫我。

也許是母女心靈感應，那天放學我只想趕快回家，而沒像平常一樣和同學在路上嬉戲。如果再晚點回去，媽媽的血大概就流乾了！

媽媽出院後，外婆搬來和我們住了一陣子。她強迫媽媽去做心理諮詢，也勸媽媽和爸爸離婚。媽媽去看了心理醫生，後來也回去上班，似乎一切回到常軌，但她至今沒和爸爸離婚。

曹阿姨曾對我說，她並不是水性楊花奪人丈夫的壞女人，和爸爸在一起也是經過一番爭扎。情關最折磨人，她說。

我恨曹阿姨嗎？好像也沒有。若不是覺得會對不起媽媽，我會說，其實我很喜歡曹阿姨。她風趣大方，不拘小節，甚至還教我怎麼安慰媽媽。

她為爸爸放棄了她的自由自在的單身日子，自然是真心愛爸爸的，但是爸爸那顆不安份的心仍然辜負了這份感情。

爸爸和曹阿姨之間還是存在著別的「那女人」。

我和妳媽大概上輩子欠了你爸，這輩子來還債的。當年我希望妳媽和妳爸離婚，倒不是我想和妳爸結婚，而是為妳媽著想。想想看，妳爸這種喜歡拈花惹草的個性，妳媽怎會受得了，她是有感情潔癖的人，倒不如一刀兩斷離婚來得好，就當脫了一件骯髒破爛的袍子，自己不是輕鬆自在得多！

當然妳媽不會這麼想，她永遠不會原諒我搶了她的丈夫。

那妳怎麼能忍受爸爸的不忠，捨不得脫下著這件骯髒破爛的袍子？

唉！我不是說我上輩子欠妳爸的，從一開始我就知道他不可能對我忠實。他不是我的丈夫，我也不期望他對我忠實，對他的所謂的逢場作戲我可以睜隻眼閉隻眼。這樣也好，我不必刻意將就他或討好他，我可以大大方方做我喜歡的事，過我喜歡的日子。如果有一天他又投入別的女人的懷抱，我想我也不會像妳媽那麼傷心。

◆

當我選擇對象的時候，我刻意避開像我爸那種會對女人放電又對女人沒抵抗力的人。

我千挑萬選嫁了一個十分內斂低調的男人，他似乎對所有的女人都保持適當的距離，維持應有的禮貌。

為了不重蹈覆轍，我從不邀請未婚女子來我家做客，雖然不能保證已婚女人不會出軌，但機率絕對小得多。

在我婚後第五年，我發現我家出現了「那女人」的蹤跡。也許從小在「那女人」圍繞的環境裡成長，對「那女人」特別敏感，如同對花生過敏的人，連聞到花生氣味都會全身發癢。

我先生的言行舉止在在顯示，婚外情正在進行中。

他對我加倍體貼，搶著做家事，不時送我一個小禮物。他的心情也持續保持在愉快的狀態中，嘴角常露出一抹神祕的微笑。但是和我面對面說話的時候，眼裡卻閃爍著不安，睡覺時也儘量不碰觸我的身體。

我花了一星期的時間思考我要如何面對這個我最不願發生的狀況，我不想不戰而降，更不想步上我媽的後塵。

我先對自己做了一番檢討，是什麼原因讓我失去了吸引力。

女人外表的美醜並不是決定男人外遇的絕對因素，像曹阿姨，不論身材外貌都比不上我媽，卻能把我爸吸走。必定還有其他的有形或無形的東西，讓男人覺得如魚得水，心嚮往之。

我想只要我努力改進，一定能挽救我的婚姻。

我去「維多利亞的祕密」買了一件柔軟如水的粉紅短睡衣和一瓶香氣惑人的香水。我不知道一般夫妻的房事頻率是多少，我猜想我們大概是屬於平均數之下。我們工作都忙，如果他沒這需求，我也不覺得有何不妥。看來我想錯了，哪有男人沒性需求的？

我上網研究食譜，做他喜歡的菜。民以食為天，捉住男人的胃，就捉住了他的半顆心。

我和他說話儘量找他喜歡的話題，不叨叨絮絮報告家庭瑣事。囉囉嗦嗦的女人最惹人嫌，不是嗎？

我甚至把家重新布置一番，幾乎和雜誌上的照片一樣雅致宜人。一個溫馨舒適的家庭，必定能留下男人的腳步。

我像釣魚人，設下各種不同口味和型態的餌，只希望魚兒上鉤，回到我精心打造的池塘裡。

我苦苦守候多時，卻發現我的魚兒似乎越游越遠。

終於有一天我被「那女人」的氣息籠罩得快窒息，我對他提出質問。他流著淚請我原諒，說他隱藏一輩子的祕密再也藏不住了！

原來「那女人」也是有名有姓，甚至還有一張清晰的面孔。

我應該更正，我家的「那女人」事實上是「那男人」，他叫泰德，是我先生的同事，我見過好幾次。

這場和「那女人」的戰爭才剛開始，我已全軍覆沒。

美麗的煩惱

陳令瑩拿著一張略為褪色的相片要整容醫師照著幫她整修。

醫師仔細看著相片，然後看看她的臉，不冷不熱地拋下一句，「工程很大喔！」

「沒關係，我不怕，你放手去做！」

不要以貌取人，陳令瑩深知那是騙人的鬼話，誰會不喜歡的美麗的東西？

她今年四十八歲，決心把自己變美麗。

整容之後，她要去美國找田玫，她們已經快二十年沒見過面，本來在耶誕節還互寄卡片，寫幾句祝福的話，後來連卡片也失去蹤影，終於完完全全斷了音訊。

從小學到初中她們一直是同班同學，而且都是頂尖的好學生，陳令瑩的成績甚至比田玫更好，常常拿第一，她知道漂亮的成績單是她唯一的驕傲。從小她就羨慕田玫，田玫走到哪都吸引別人的目光，當她學到眾星拱月這詞時，立刻把田玫和月亮畫上等號。田玫是天上眾人仰慕的明月，而且亮度隨著年齡不斷增強。

小學時兩家相隔不遠，兩人每天一起上學放學，在學校也形影不離，身高體形又相似，有同學會笑說，「妳們是雙胞胎啊！」有些自作聰明的的男同學聽了會大笑說，「陳令瑩長得像豬八戒，怎麼會和田玫是雙胞胎。」當然等他們長大了就會知道如果是異卵雙生，雙胞胎可以長得完全不一樣。可是雙生姊妹面貌如陳令瑩和田玫這樣天差地別似乎也說不過去。

田玫雖然長得漂亮，小時候卻常遭男同學欺負，或許是她的美麗成了一個醒目的標靶。她的座位上常出現一些讓她害怕的小東西；或在回家的路上，有人出其不意地在後面扯一下她的辮子；或寫些她不可能說的髒話字條放在她的桌上，讓她面紅耳赤不知所措，像是自己真做錯了什麼事。總總不愉快的經驗，讓她常裝病躲在家裡不去上學。

田玫一直到成年後才知道小孩子惡作劇只是想引起對方的注意，是種負面的表達愛慕的方式，致於對方是否受到傷害就不是他們的考慮範圍了。因此在應該屬於快樂的童年天空裡，田玫的頭頂上總是有塊烏雲跟隨著她，讓她時時想到雷雨，想要躲藏。

田玫非常羨慕陳令瑩，覺得她像隻體態輕盈的小鳥在天空自由飛翔，每天輕鬆自在的過日子；而自己卻像一頭馱著雙峰在沙漠中踮躓前進的駱駝，每一步都是一個嘆息。

中學時大家搭公車上學，別的女同學隨意談天說笑，田玫卻像警覺的士兵，防衛著許多落在她身上的窺視眼光，深怕自己有什麼不得體的舉止。如果是站在擁擠的公車裡，更要擔心有些居心不良的人故意向她擠靠。她也不清楚自己為什麼放不開。同學中也有不少漂亮女生，像劉萍萍，瓜子臉上精雕細琢的五官，配上白裡透紅的雙頰，簡直就是畫裡走出來的美人。劉萍萍顧盼自若似乎非常滿意自己的面貌，她像個龐大的聚光燈，每投來一個眼光就增加一分亮度。

陳令瑩覺得田玫越來越冷若冰霜。

「小玫，妳怎麼都不和大家講話，別人都說妳很驕傲！」

「我有什麼好驕傲的，我才羨慕妳們沒有顧忌談天說笑。」

「那妳為什麼不加入我們？」

田玫不知道要怎麼解釋，自己從小被太多眼光盯得身體變得很僵硬，每道眼光像一絲細線捆綁著自己，她是困在繭裡的蝴蝶。也可以說她是個蹩腳演員，卻強放在觀眾滿堂的舞台上，要求演一齣精采好戲。她想說給陳令瑩聽她也不會了解，反而會認為自己矯柔作態。

田玫不喜歡自己漂亮的臉蛋，如果有人問她為什麼不快樂，她會毫不猶豫說，因為這張臉。從她有記憶她就不喜歡擁有這張臉，很小的時候不論是親友或陌生人老喜歡模模她捏捏她，甚至用口臭的嘴親她。

她的臉像攤在桌上的蜜糖，吸引各種爬蟲飛蠅。

她的臉甚至讓她失去擁有真愛的機會。

◆

田玫非常驚訝失去聯絡多年的老友要來看她，她興奮地對陳令瑩說會去機場接她。

陳令瑩在電話那頭笑說，「妳恐怕認不出我，不過沒關係，我認出妳就好了！」

田玫笑說，「妳才會認不出我！」

「誰會認不出妳啊！妳化成灰我都認得出來！」陳令瑩說話的速度還是和從前一樣快。

田玫回想起她們大學時的日子。

一進大學意味著一切男女同學間的禁忌都不再存在，如同一張嚴苛詳細的合約一夜之間失去了效用。

男生不會再用惡作劇的方式顯示自己的愛慕。很快的，田玫身邊就出現一群仰慕者，其中有不少外在條件不錯，甚至可能是一般人認為是夢中的白馬王子。但是田玫都冷淡相對，拒絕所有的邀約。

自從田玫和高恩明對望了一眼後，她的心就被鎖定了。

高恩明長相毫不起眼，甚至有點醜，方方的臉，厚厚的唇，寬寬的鼻子，唯一可取的是那對很有造型的濃眉，和那雙濃眉下不大的眼睛所透露出的果決和自信。

偏偏其貌不揚的人似乎對田玫有某種獨特的吸引力。

高恩明幼年喪父，寡母為人幫傭辛苦撫養他們姊弟二人。小時候高恩明偶而會跟著媽媽進出主人家，聰明的他很快就體會到人情冷暖和身分地位有密不可分的關係。

主人家有一個年紀和他差不多的小女孩，有一次看到他拿起她放在地上的玩具，立刻大聲嚷著：啊！你的髒手碰我的玩具！然後生氣地把玩具扔進垃圾桶。之後，他再也不碰主人家的任何東西。

主人家有別的小客人來訪，女主人總會拿出五顏六色的零食招待，而他只有眼巴巴地看著。雖然媽媽有時候會把他們吃剩的糖果收起來給他吃，但是吃到嘴裡總覺得失去了一些味道。

他學會守本份，不踏越界線，不追求不屬於自己的東西，但是對於他能得到的東西一定全力以赴，所以他的學業成績一向名列前矛，舉凡演講、下棋和運動也樣樣精通。

從小被喊為醜小子，高恩明對自己的外貌自然心理有數。當別的男同學對女同學品頭論足的時候，他顯得莫不關心，從不參與議論。他知道自己未來會結婚生子，但是他不會浪費時間追求不屬於他的漂亮花瓶。

陳令瑩和田玫高中同校但不同班，因此那三年往來並不密切，但既然考上同一所大學又都離家在外，很自然的又走在一起。

高恩明是高她們兩屆的學長，和她們來自同一城市，第一次見面就在歡迎新生的同鄉會上。田玫對各種團體聚會一向不熱衷，是被陳令瑩硬拖著參加。

在做自我介紹時，高恩明和田玫對望一眼，這瞬間一瞥像一股強烈電波，打得田玫全身僵麻。之後，高恩明在會場四處寒暄說笑儼然是主持人，但總是有意無意的錯過田玫，倒是和陳令瑩說了不少話。當然田玫也不會受到冷落，其他所有的男生都刻意找機會和她講話。

「小玫，那個高恩明不簡單吔！像是學校裡的風雲人物，講起話來風趣幽默。」在回宿舍的路上，陳令瑩單把高恩明拿出來講。

「是嗎？」田玫淡淡的回應。

「妳不覺得嗎？」陳令瑩有點驚訝。

「他又沒和我講話，我怎麼知道！」田玫的語氣有些幽怨。

「他沒和妳說話？」陳令瑩顯得更驚訝了。

想到陳令瑩和高恩明同系，田玫心理莫名攪和起來。

「那妳以後可以常常聽他講話啦！」她故做輕鬆地說。

大學四年田玫的心就處於等待狀況，她也弄不清自己為什麼會被高恩明吸引，在她身旁周旋的男孩條件幾乎都比他好。他對她總是很客氣地以普通同學對待，雖然偶而在不經意的情況下，田玫在他看她的眼神裡總會捕捉到一些特別的東西。

陳令瑩和高恩明常有機會碰面，有時候高恩明會不著痕跡地問問田玫的近況，田玫更是常去他們的系裡找陳令瑩。高恩明看到她們一定會主動過來和她們說話，但總是和陳令瑩交談，對田玫只公式化地寒暄一下。後來田玫發現只有她和陳令瑩在一起，他才會和她說話，如果只有她一個人在校園和他不期而遇，他只會點點頭然後快速離去。

高恩明只有一次對田玟透露心裡的感覺，那是大二參加同鄉會舉辦的露營活動上。不知道什麼人弄來幾瓶酒說要給即將畢業的學長們餞行，高恩明理所當然成了大家敬酒的對向。後來又有人建議秉燭夜遊，那晚月光如練，天地萬物披著一層淡淡的銀光，似夢似真。大家三三兩兩一路說笑。高恩明悄悄走到田玟身旁，輕聲說：「妳想過要回去嗎？」

「回哪裡去？」田玟驚訝他的問話，而且是針對她一個人。

他帶著微笑，抬頭看著無雲天空上掛著那輪碩大的月亮。像是對她說話，又像喃喃自語。

「妳不是從那下來的嗎？妳是不食人間煙火的仙子，可望而不可及……」

「你醉了嗎？」田玟有些不知所措。

「舉杯邀明月，對飲成三人，我不敢邀明月，只能獨飲……」

走在後面的同學聽到他們的對話，開始笑鬧，「高恩明，你說的沒錯，田玟真像仙女下凡……」

高恩明像突然從夢中醒來，收了笑臉，大步往前走去。

第二天見了面，高恩明又回到原來的面貌，和田玟保持著適當的距離，田玟甚至不確定他是不是還記得昨晚說過的話。

◆

陳令瑩坐在田玟寬敞雅致的家裡喝著茶，田玟端來一碟點心，「藍莓乳酪蛋糕，我自己做的，很好吃，妳嚐嚐看！」

「妳做的？什麼時候變得這麼能幹？」陳令瑩看著田玟說。

田玫臉上脂粉不施，皮膚雖然還很細緻，但是缺乏保養，已經爬上不少粗細的紋路，頭上白髮也原形畢露和黑色長髮在腦後交錯扭成一個髻，一身素淨棉布衫，這和陳令瑩想像中的少奶奶形象真是連不上邊。

在機場陳令瑩料定田玫認不出自己，想悄悄走到她身旁嚇她一跳。可是拿了行李等了許久，都沒看到田玫蹤影。等大半旅客都離開了，她再仔細看附近等候的人，東方面孔並不多，幾個男人，幾個年輕小姐和一位穿著樸素的老婦人。當她把眼光定在老婦人的臉上，陳令瑩張大眼睛驚叫：小玫！

「來美國後我就沒出去上班，反正閒著沒事就學做菜，妳知道從前在台灣家裡有傭人，我是不必動手煮飯的，沒想到居然做出興趣，晚上我們就在家吃飯，我的手藝真得不錯哩！」田玫興致勃勃地說。

「妳很快樂，是嗎？」陳令瑩看著田玫的魚尾紋問。

「是的，我很快樂，我真的很快樂！」田玫輕快的語音，聽得出來是真心話。

「妳是返樸歸真還是看破紅塵？」陳令瑩有千百個問題想問田玫。

「去掉皮相的累贅，我是個自由人。」田玫像是習慣性的把並不亂的頭髮散開，然後又很熟練地盤回原來的髻。然後模模自己的臉說，「這些皺紋像是給我的臉穿上衣服，妳知道嗎？從前我走在街上，常會覺得自己沒穿衣服，現在我感到自在多了！」

「唉！妳呀！真是人在福中不知福，老天爺給妳漂亮的臉蛋妳還嫌煩。妳看我，還得花大把銀子才整得像個樣子。」

田玫仔細細端詳著陳令瑩，「妳的手術做得很成功，看起來很自然，只是為什麼覺得有些面熟？」

「哈哈，小姐，我是拿妳的相片做參考的……」

「難怪，那好，以後我們一起出去人家一定以為妳是我女兒。」田玫笑著說。

陳令瑩看著牆上掛的全家福相片，女兒沒有媽媽的絕美，兒子倒是帥氣十足。

「妳那小開老公常來美國嗎？」

「孩子上了大學，他就不來了，反正孩子可以回台灣看他，我這黃臉婆也沒什麼好看的？」

「妳不怕他在外面有女人？」陳令瑩猶豫了一下還是問了。

「哈，那早就是公開的祕密，哪天他想和我離婚我也不意外。倒是妳，怎麼和高恩明離婚了？」

陳令瑩和高恩明結婚時，田玫不肯當伴娘，堅持說要她自己妹妹當才名正言順。她為陳令瑩高興，但是內心深處她希望是她自己站在新娘的位置。

不久田玫就嫁給她工作公司的小開，和陳令瑩有意無意地逐漸疏遠了。等田玫帶著孩子移民美國，寄過幾張卡片後就真正失去聯絡，一晃也快二十年了。

「他嫌我醜吧！」陳令瑩乾笑一聲，「當然妳知道他也不帥，但是男人不一樣，一有錢身上真就鍍層金，別人就看不清他的長相，只看見黃沈沈的金色光芒。」陳令瑩瞇著眼，跨張地說。「妳以為他真愛我才和我結婚嗎？他是算準我會死心塌地跟著他，會全心全意當他事業的好幫手。不過一開始我們確實也過了一段不錯的日子，可是等我們成功了，情況就不一樣了……」

她喝了一口茶，停了片刻，然後說：

「其實當年他和我交往大概是因為可以接近妳，他是膽小鬼，喜歡妳又不敢追妳，卻把我拖下水，妳知道嗎？後來我發現他一直收藏一張妳的大學畢業照，妳是他掛在天上的偶像，可望而不可及。他倒是有自知之明，知道妳絕對不會看上他……」

田玫苦笑一下，心想那時候自己幾乎是仆伏在他身後，等待他垂顧，他卻把她推到天上，她想起那次露營他對她說的話。

大學畢業後，高恩明分到南部服兵役，但是常在假期北上找陳令瑩，然後說要和同鄉會老朋友聚餐，於是陳令瑩找了幾個比較熟的同學一起吃飯聊天，當然田玫一定是其中一個。

田玫看得出來高恩明並沒有在追求陳令瑩，陳令瑩也說他們只是朋友而已。

有一次田玫問陳令瑩是不是喜歡高恩明，她回答，我是喜歡他，可是總不能讓我倒追他吧！而且愛情是雙方的事，一個巴掌拍不響，我不會自找沒趣。他願意把我當朋友，我已經心滿意足了。

所以後來高恩明向陳令瑩求婚當然不費吹灰之力。

「不過那時候他已經在外面有過好幾個漂亮女人，多妳一張照片我也不在乎，只是覺得自己有點後知後覺……」

田玫想陳令瑩並不知道當年她對高恩明的感覺，現在也沒必要提起了。

「嘿，妳後院種了好多菜，」陳令瑩望著後院像發現新大陸。

「妳從前五穀不分，連高麗菜和大白菜都搞不清楚，現在居然當起農夫來了！」

「植物是最有情的東西，你只要花點時間好好照顧它們，它們就會還你一個豐收。我現在最喜歡去的地方就是我的後院，妳一定不相信，我甚至計畫買塊農地種菜，再開個餐廳，用自己生產的食材料理健康飲食。」田玫神采奕奕，一口氣說出她的夢想。

「妳每天在庭院裡混，難怪全身充滿陽光。不過，小姐，陽光也是女人最大的敵人，一晒就起皺紋。」陳令瑩明白了田玫臉上的皺紋從何而來。

「當然妳是例外，不怕皺紋！」陳令瑩追加一句。其實即使田玫臉上增加了皺紋仍然有一份特別的韻味。

田玫看著陳令瑩精心描畫的五官，細緻光滑的皮膚，笑著說，「妳是標準的商場女強人，我是和泥土打交道的鄉下人。不過我想我們都找到自己想要的東西，不是嗎？」

「嗯！賺多少錢我不在乎，我現在很享受當漂亮的女人。」陳令瑩對著玻璃窗反射出的影子攏了攏頭髮，「妳相信嗎？現在居然有男人主動向我搭訕獻殷勤！」

看陳令瑩因為有男人搭訕獻殷勤而歡欣，田玫心理感到五味雜陳，老天爺真會和人作對，老是把東西分錯了對象，對於男人獻上的殷勤她一向視為災難，是生活上的絆腳石。

剛來美國時，為了幫孩子尋找玩伴，也為自己尋找新朋友，田玫一反常態積極投入當地華人舉辦的各種活動。她的出現總是先引起一陣騷動，得到許多好奇的關注，等女人們知道她自己帶孩子在美，於是背後有了竊竊私語，女人們不但約束自己先生，對其他向田玫獻殷勤的男人更投以懷疑的眼光。很快地，田玫退出所有活動，把社交圈限在和她一樣單獨帶孩子來美國唸書的媽媽們，開始她的田園生活。

「那高恩明一定後悔和妳離婚了！」

「他才不會後悔，單身貴族還怕沒漂亮女人？」

她們沉默了一會兒，田玫問，「什麼時候離婚的？」

「前年兒子上了大學，我想實在沒有必要再維持空有虛名的婚姻關係，就放他自由吧！信不信？我們還是生意上的伙伴！」

田玫想如果她和高恩明結婚，結局是不是也是如此！

「當然相信，這也是我最喜歡妳的地方，心胸寬大，不與人計較。記得小時候我常常鬧情緒，對妳愛理不理的，可是妳從來沒和我絕交，雖然妳有很多其他朋友，那些可惡的小男生對我惡作劇妳也會幫我出氣，唉！我太對不起妳了！今天要請妳大吃一頓向妳致歉！」

田玟誇張地向陳令瑩一鞠躬，笑著說。

「小玟，如果哪天妳真要開餐廳一定要找我合夥，我管前檯，妳管廚房，保證生意興隆。」陳令瑩眼睛放著光，彷彿已經穿梭在高朋滿坐的餐室中。

「一定！一定！」田玟回想起很久很久以前一群小女孩在玩辦家家的情景。

陳令瑩以老闆娘的姿態指揮大家。「小玟，妳長得最漂亮妳當那個在門口招待客人的那個。」

「才不要，」田玟退到一旁抗議著，「我要當在廚房煮菜的！」

想著想著她不禁笑起來，對陳令瑩說，「妳記不記得……」

在夕陽餘暉中，兩個女人坐在窗前興致昂然地說著前塵往事，連周遭的微塵也發著光亮跟著跳躍舞動，組成一張極美的畫面。

高潮之後

他著實得意了一陣子，像羽毛豐澤的公雞，昂首闊步，春風滿面。每天把頭髮梳得服服貼貼，鬍子刮得乾乾淨淨，刻意選擇深色衣服瞞騙微凸的肚子。婚禮那天他笑得臉上肌肉微微發酸，幾杯酒下肚後，整個腦袋更是只聽到自己的笑聲嗡嗡作響。新娘子選了一件露肩低胸的婚紗，豐滿的乳房被高高托起，壓擠出一道深深的乳溝。之後在酒席上換的兩件禮服也選了同樣款式，整晚上她的雙峰出盡了風頭，五個月身孕女人的乳房著實讓人歎為觀止。

他的元配也屬豐滿型的女人，豐乳肥臀的風情並不是沒見識過，但是那是久遠以前的事。結婚二十多年後，當女人的身體像個失去彈性的熟番茄，慾念很自然的退隱到生活的末端。他自認不是性慾很強的男人，年過五十後更是久久才照顧到這項身體機能，就像好久沒吃紅燒蹄膀，突然有一天彷佛四處飄著肉香，無論如何要吃一口才心滿意足，才能定下心做事。當某天興起了性的渴望，元配總能看穿他的心事，夜晚抹著花香的身體主動投入他的懷抱。他們身體的結合似乎也無關情愛，沒有特別的激情，如同擺在桌上的尋常晚餐，坐下拿起碗筷就吃將起來，果腹而已。

在一起生活了二十多年，大大小小事都磨合了一套固定模式，說不上喜惡，只是一種熟悉，一種安定，他並沒埋怨或奢望什麼。在美國過日子追求的也不過是個安定，找個穩定的工作，買棟房子，等待退休養老。日常生活也清淡如水，上班下班，吃飯睡覺，沒什麼應酬，更沒夜生活，晚上除了看電視，也只有翻翻書報。

直到碰到她，身體上所有感官觸覺都不由自主地騷動不安起來，像是喝了回春水，朝氣勃勃，精力充沛。

◆

去年底回台北出差十天，除了第一天晚上客戶招待晚餐，之後他也沒興趣一個人在這繁華熱鬧的不夜城閒逛，下了班隨便吃了晚餐，就回到旅館，在大廳點杯咖啡，上網消磨時間。

第四天晚上，她出現在他眼前，自我介紹是櫃檯經理，問他對台北熟不熟悉？「如果需要幫忙請不要客氣。」他道謝後，頓時覺得歡欣的情緒罩滿全身。

距離上次回台北有十年了，之前常回來省親。孩子小的時候暑期活動或寒假活動之一就是回台灣探望長輩，後來爺爺奶奶相繼去世，公公婆婆移民澳洲和他們的大舅住，沒了近親，就失去回台灣的動機。

十年不見，台北當然變了許多，連一般人講話的口音和用詞都變得陌生，在自己成長二十多年的地方，自己卻成了有點格格不入的異鄉客。

「一個人喝咖啡會不會很寂寞啊！」第五晚她帶著開玩笑的口吻笑著對他說。

他常常一個人喝咖啡，從沒想過會不會和寂寞連上關係。身為少數民族，安於孤獨是必修的人生課程之一。當年他居住的城市少見東方面孔，現在多種族裔川流，自己同胞也成群結社出現不同形式的社團。但無論如何自己還是屬於少數，在零零星星的熱鬧後也只有安於孤獨。

「不會！不會！」他不習慣和陌生人閒聊，更不會搭訕，現在面對一位風姿綽約的女人主動和他談話，他受寵若驚，一時有點手足無措。

「台灣的牛肉麵是有名的，你喜歡牛肉麵嗎？」

「喜歡！喜歡！」他熱烈地回應著。

「附近有一家非常好吃，你明天可以去吃吃看，不吃會遺憾終身喔！」她誇張地笑著說。

「一定去，一定去，你告訴我地址明天一定去！」

她歪著頭想了想，「嗯！這樣好了！明天我帶你去，我和老闆很熟，要他給你麵裡多加點料。外來客要特別照顧，免得砸了他的招牌！」

除了元配，他想不起來上次是什麼時候單獨和異性共餐。

「那太好了！」順口答應下來，他自己都有點訝異。

以五十八歲的男人而言，他保養得相當不錯。頭上只夾雜少許白髮，雖然腹部微凸，但他個子夠高也就不覺得礙眼。端正的五官配上一付眼鏡，一眼望去頗有學者的氣派。

他看不出她的年齡，化了妝的女人更讓人莫測高深，當然後來他知道他倆相差二十歲。

吃完牛肉麵，她提議帶他去夜市逛逛。

夜市規模比十年前又擴張不少，小吃花樣也是推陳出新，很多東西都沒見過更沒嚐過。她興致勃勃介紹著，一直問他要不要嚐嚐。他不想掃她的興，但是一碗牛肉麵和幾盤小菜已經把他的胃填得不留縫隙，近年來他意識到胃口似乎和年齡成反比，年輕時的無底洞逐漸被歲月封了口。

「今天吃太飽了，明天晚上妳有空嗎？我們可以來這裡吃晚餐。」他竟然開口邀請她，他又讓自己驚訝一次。

「可以啊！不過要晚一點！」

「沒關係，夜市嘛！當然是越晚吃越好！」他為自己的口齒溜滑起來感到十分得意。

之後三晚他們都共進晚餐。

最後一天他對她說，「謝謝妳這幾天當我的嚮導，明天我就要回去了，今晚請妳吃牛排。」她挑了一家裝潢典雅，氣氛溫馨的西餐廳。柔和微亮的燈光似乎讓肚裡酒精反覆發酵，面對巧笑倩兮的她，他滔滔不絕，幾乎忘記今夕何夕，身在何處。

他們在餐廳坐了三小時，他沒想到他竟然可以對一個年輕女人談笑風生。飯後走在燈火輝煌又有點涼意的鬧市，她緊貼著他，後來很自然的把手彎進他的胳臂裡，他的身體一陣酥麻。兩個人擠在人群中，人體的氣習瀰漫四處，他聞到曖昧，嗅到情慾。在酒精的助陣下，他像蓄勢待發的火箭，想一飛沖天。他讓她挽著他的手一直挽到他的房間。

◆

才下飛機，打開手機就看到她寄來的簡訊，「什麼時候回來？好想你！」還附加一個紅心貼圖。他看了立刻全身發熱，前晚的激情如一股熱浪捲襲他每一寸肌膚。他激動的回應，「我也好想妳！」也附上一個紅心。

未來的一個月他幾乎神經質地隨時查看他的手機，除了在元配面前他強忍著這個衝動。手機裡蹦出來的情話蜜語，讓他的情緒一直保持在亢奮狀態。

一個月後他終於忍不住，找了個藉口飛回台北。

回台一個星期大概是他一生最放蕩形骸，縱情作樂的一段日子。他不必擔心會碰見熟人，走在街上他緊緊摟著她，甚至不時在她額頭或臉頰印上一個吻，年輕時的他也不曾有過這些舉止，他慶幸體驗到熱情如火的滋味。

◆

回美一個多月後，那天手機裡跳出的簡訊讓他腦袋空白了幾秒。「告訴你一個大好消息，我懷孕了！」

他完全忘記他還能讓女人懷孕。元配更年期後他們就脫離了避孕戒備，生兒育女之事早就拋諸腦後。

「懷孕！怎麼會？」曾經他諄諄告誡青春期的兒子，千萬不要一時衝動把女友肚子弄大，怎麼自己卻犯了錯誤。

「為什麼不會？你以為我騙你？別想賴！」

之後，她每天緊迫釘人要他做個交代。「告訴你我絕對不會拿掉，我要我的孩子姓你的姓。」

終於，他必須向元配攤牌。

元配是個理智的女人，她擦乾眼淚後對他說，「你會後悔的。」她沒刁難他，平分財產，簽字離婚。

其實他也不是無情之人，事情演變成這個地步是他所料不及的。在此之前他是個忠誠的丈夫，沒有外遇經驗，甚至沒有非份之想。

◆

他本想簡簡單單公證結婚，她不依，說是第一次也許是唯一的一次婚禮，要風風光光熱鬧一下。婚禮客人全是她的親友，他沒得到自己親友的任何祝福，連他一對兒女都對他不理不睬。女兒曾很氣憤質問他，「Are you out of your mind?」他不知如何回答，也許他是有點瘋狂，不是常說愛情讓人瘋狂，他正陷在愛情的漩渦裡，他知道他必須為自己意外而來的快樂付出代價，他心甘情願付出代價，他捨不得放棄這份讓他心悸的快樂。

婚後她以觀光簽證和他一起回美國，然後請律師快馬加鞭辦身分。

◆

建立一個新家不容易。他租了一棟兩房一廳的公寓，等舊房子脫手後再買新房子。每天一有空她要他帶她上街採購，家裡總是缺這缺那，永遠買不齊似的，一個月內逛街次數大概是過去十年的總和。

下了班他不再像以往坐在電視前等飯吃，她說她不會做菜，也沒興趣學，理所當然，掌廚的事只能由他接手。也許是懷孕的關係，她對飲食極盡挑剔，這不能吃，那不能聞，又不愛外食，說中餐廳的菜像一堆垃圾，西餐又如同嚼蠟，只想台灣小吃，他有限的烹飪技術實在難以應付。

接著又要找婦產科醫生，定期門診。每天忙進忙出，他微凸的肚子不減自消，頭上的白髮卻突然急速增加。

看著她日漸膨脹的肚子，他開始為生產費憂心。美國昂貴的醫療費是舉世有名的，沒健康保險的人最怕見醫生，遑論住院了。她沒保險一切自付，即使一切順利也是一筆不小的開支，如果有什麼差錯，他的銀行存款將大大失血，他很後悔為什麼不等她生完再接來美國。他幾次想說服她回台待產，她說，「孩子是美國籍當然要在美國出生，再說來了又回去，太沒面子了！」

他行事一向頗有章法，像以往全家出遊，一定由他親自策劃，設想周全，又不會超出預算，總能以最實惠的價格得到最高的享受。但是認識她後，彷彿一切都亂了套，一旦被她否決，他就失去了主見。

謝天謝地還好順產，給他添了一個兒子。他端詳這個紅咚咚的小嬰兒，沒有當年懷抱第一個孩子的驚喜與興奮，只覺得一股無形的壓力讓他的眉頭紋壓縮得更深更長。

岳母來幫忙坐月子。岳母年紀和他差不多，看她在廚房忙碌的身影，倒讓他想起元配。岳母過不慣異國生活，忙完月子就立刻打道回府。岳母一走，家裡所有事幾乎都落在他身上。除了煮飯，還要管一個隨時會哭的嬰兒。他請了一個月的假，即使不上班都覺得時間不夠用，白天有做不完的事，半夜還要起來安撫啼哭的嬰兒。他只要有機會坐下來，幾乎立刻就進入睡眠狀態。他開始憂心等假期滿了該怎麼過日子，不記得當年怎麼養兩個孩子的，好像沒花什麼心力，是當時年輕，還是元配能幹，還是兩者皆是？

「喂！你怎麼又坐著打瞌睡！」她把他搖醒。「在家悶死了，我們去商場逛逛！」

他很怕帶嬰兒出門，大包小包東西不說，餵奶換尿布也麻煩，如果可能他情願她自己出門逛街，問題是她還沒駕照，也不喜歡自己一個人逛。

出門前，她看了看他，皺起眉頭說，「換件衣服，梳梳頭吧！別像個糟老頭！」

換了件暗藍白條紋襯衫，對著鏡子把頭髮打濕梳平，望著鏡子裡的自己，半年前在婚禮上意氣風發的新郎，現在連點影也找不到。他嘆口氣，心想是不是該染染頭髮。他沒忘記自己一向對男人染髮是嗤之以鼻的，只是此一時也彼一時也，婚都離了，染頭髮又算什麼？

商場張燈結彩，散發濃厚的節日氣氛，但是他心底卻浮起了幾許感傷，想起上星期的感恩節大概是他來美後過得最清冷草率的一次。他不會烤火雞做大菜，一般餐廳又都關門休息，他只能在少數開業的中餐廳買幾樣菜回家，兩人就在她不斷的埋怨中度過他們的第一個感恩節。

好在不是週末假日，商場人不多，他很擔心會撞見熟人。

他讓她一個人去店裡逛，他在店外推著嬰兒車想把嬰兒哄睡。來來回回漫無目的地走著，走著走著，他彷彿覺得自己正拖著一個大大的鎖鏈在一個沒有出口的迷宮兜轉。如果有人問他，這就是你所謂的愛情的代價，你真的無怨悔？他心裡明白，若說無怨悔，那是千真萬確的謊言。

走到一家店門口，正迎著一個女人走出店外，兩人相望都吃了一驚。元配剪了新髮型，穿了一件紅花洋裝，看起來年輕許多。他張嘴想說些什麼，元配冷冷看了他一眼，立刻調頭往前走去。

一位銀髮老太太從旁經過，含笑看著推車裡的嬰兒，「這小臉蛋多可愛！你第一個孫兒吧！我有兩個孫女，小孩長得快，一下就……」
他含糊應著，也不想去糾正什麼，只征征望著元配背影消失在拐角。

崔姍的青春日記

「崔姍，妳就不能走快點嗎？電影都快開始了！」

張舒雲和徐令瑤在前面快速走著。張舒雲回頭向遠遠落在後面的崔姍喊著。

「唉呀！我已經走得一身汗了！妳們就不能慢點嗎？」

五月的南台灣已開始像爐上的熱水，逐漸增溫。

「趕快走，我們可以去電影院吹冷氣啊！」徐令瑤大聲說著。

電影院是屬於軍方俱樂部的一部分，座落在一處高地，必須走一段長長的坡道。周圍草木修剪得整齊有致，沿著坡道像是站了一排綠衛兵。

有不少趕場看電影的人，或騎腳踏車，或走路，都加快了腳步，三點鐘的電影再幾分鐘就進場了。

住在眷村，他們有著不同於村外的生活圈子和生活情調。

圍繞著海軍基地，大大小小約有二十個眷村。一九四九年隨軍撤退來台的各省軍人，聚集在各個村裡，南腔北調，麵點米飯，混成一股活潑多元的特殊氣息，在村裡長大的孩子很明顯和村外孩子有一份不同的氣質。

戲院門口擠了一群還沒進場的人，絕大部分是和她們一樣的中學生，週末看電影是沒太多可選擇的課外活動的主要選擇。

徐令瑤看到劉安國和其他幾個男同學在排對進場，立刻跑去打招呼。

一九七五年五月十五日

……和張舒雲和徐令瑤去看《東方快車謀殺案》，結局真出乎所料，怎麼所有乘客都是幫兇，作者阿嘉少沙．克莉絲汀想像力驚人，多希望將來也能寫這種懸疑推理的小說！

即使不到兩個月就要聯考了，還是有看電影的必要，不然會被會被課本悶死、壓死。

徐令瑤看到劉安國整個魂都被吸走了！旁觀者清，我看徐令瑤是單相思，她怎麼看不出劉安國對她態度冷淡……

◆

徐令瑤住在劉安國家隔壁，眷村的房子一家貼著一家，隔壁鄰居幾乎成了半個家人，可以清楚聽到彼此大聲講話的內容。

劉安國天資過人，頭大額方一副氣宇軒昂的樣子。徐令瑤從小就對他佩服得五體投地，碰到不會的功課一定往他家跑。長大了更是用問功課為藉口找他說話。

崔姍、徐令瑤和張舒雲並不住在同一村裡，但相距不遠，她們三人從小學到高中都是同學，是無話不談的好朋友。

三人裡張舒雲長得最美，白皙的鵝蛋臉，帶點弧度的寬長眼睛像一對展翅飛翔的小翅膀，加上有稜有角微微上翹的嘴型，一副賞心悅目的面相。

崔婣也美，但是和張舒雲不同，張舒雲是大氣炫目之美，崔婣是靈秀雋永之美。和她們倆相比，徐令瑤就遜色不少。

一九七五年五月二十日

……徐令瑤又在訴苦，誰叫她愛上不該愛的人，誠然是，被愛比愛人要幸福得多。我不希望我未來的伴侶是天上蛟龍，因為我一定無法駕馭，只希望他是一隻實實在在、努力工作的小蟲……

◆

天氣悶熱，教室裏的空氣滯留不通，氧氣似乎越來越稀薄，加上歷史老師最具催眠效果的音調，崔婣感覺眼皮越來越重。她必須不時抬頭看看窗外的藍天白雲，才不至於不知不覺中把眼皮闔上。別的同學都很專心做筆記，她只覺得老師的聲音在耳邊模糊地響著，卻不知所云。她拿著筆在書上畫著小人，心裏做著白日夢。

她上課從來不專心，但是考出來的的成績總讓很多人羡慕。她會抓重點、抓考題，像偵探一樣嗅出線索所在。

放學後，很多同學拖著疲憊的身體，繼續去補習班加強，崔婣是不屑補習的。

一九七五年六月一日

……再一個月，只要再堅持一個月，高中生涯就結束了！再沒有教官盯著頭髮和群擺看長短，可笑的規條，我就不相信頭髮長一寸或群擺短半寸，就會造成品格的缺陷，不合理的約束才是造成畸形人格的起因。

除了週末，每天已經在學校悶了十小時，放學再去補習，簡直就在扼殺自己的青春……

◆

崔姍最喜歡上美術課，別人漫不經心隨便應付，當是休息時刻，她卻全神貫注，用心做老師交代的作業。有一次在校園寫生，老師當面誇她，說她很有天分，後來找她參加一個校際比賽。比賽的主題是「保密防諜」，面對如此政治性又無趣的題目，崔姍擠不出任何靈感和熱情，草草畫一張交差，自然沒什麼好的結果。

一九七五年六月二日

……為什麼美術課老是被所謂的重要正課老師借去用。國文歷史地理真的比美術重要嗎？懂得藝術不是更能建立一個和美優雅的社會？反正只要聯考不考的科目都不重要，可以打入冷宮不聞不問。

拼成績、拼升學率，是所有人共同的目標，成績真代表學問嗎？我自己就是個好例子，我會抓考題，知道重點，所以成績好，可是對內容只是一知半解，不會去深入研究探討，哪來的學問！

死讀書或讀死書的人即使考上一流大學，我看也不會有多大的成就……

◆

張舒雲是少數和崔姍一樣沒去補習班的人，她不去並不是對自己的功課有十足的信心，而是為了省錢。家裡四個孩子，哥哥去年進大學，下面還有兩個弟弟，就靠爸爸微薄的士官長薪水，日子總是捉襟見肘。媽媽和其他眷村媽媽一樣，有機會就批些手工品在家加工，多少貼補些家用。

放學時，崔姍常和張舒雲一起搭公車回家。

「看，風流詩人又傳來一封信！張舒雲從書包裡摸出一封信。第三封信了！」

「這麼說他對妳很認真的嘍！」

「自認瀟灑，到處寫信，妳不也收過一封信。」

「我只有一封，妳有三封耶！信裡有沒附一首新詩？」

「怎會沒有，看不懂裡面的隱喻，妳幫我看看。」張舒雲把信遞給崔姍。

「噢！我不想傷這個腦筋，我也不要看妳的情書。」

「哪是情書，盡是些無病呻吟！」

「哈哈！投其所好嘛！妳不就喜歡這種調調。」

「我可沒時間沈在風花雪月裡……唉！我真擔心考不上師大……能像妳那麼聰明會考試就好了！」

「妳不後悔只填師大？」

「只有師大免費，其他學校對我家來說都是一個很大的負擔，我還有兩個弟弟呢！」

一九七五年六月三日

真為張舒雲擔心，如果她考不上師大，不就沒學校唸了？

風流詩人和他幾個同村的狐群狗黨，自以為風流瀟灑，沒事就亂寫信給女生，無聊極了！老實說，他們也算是不簡單的人物，會玩也會唸書。上回接到風流詩人的信，雖然知道認真不得，再說他也不是我喜歡的類型，但心裡還是挺高興的，反覆看了好幾回，才撕了丟進字紙簍，這大概就是所謂的情竇初開吧！

學校裡當然有人已有所謂的男朋友，放學的時候不老是有男生站在校外等人！

Puppy love雖然不成熟，但也是love，不是嗎？誰不喜歡有愛呢！

◆

崔姍一面看書一面揮著扇子，桌下點了蚊香，還是看到有蚊子飛舞，她最討厭被蚊子叮咬後留下的紅紅斑點，又癢又難看。

家人都睡了，四處靜悄悄的，只有電風扇規律地的旋轉聲響。

她的房間是加蓋出來的小閣樓，有面窗就貼在屋頂之上。眷村房子小，每家孩子不少，於是想盡辦法增加居住空間。

她常把紗窗卸下，坐在窗沿，把腳擱在屋頂上，觀看天上的繁星明月。望著浩瀚無垠的蒼穹，她幻想著屬於自己的天空。

一九七五年六月二十日

再兩星期就聯考了！我要全力做最後的衝刺，我的目標是上北部的大學。我愛我的家，但是我想看看外面的世界。

好喜歡《第凡內早餐》的主題曲，美麗的女主角抱著吉他，幽幽地唱著「moon river, two drifters, off to see the world. There's such a lot of world to see.」

多令人嚮往……

◆

七月初，在盛暑中，學生們在教室裡揮汗應考，家長們在室外焦慮等待，彷彿未來的榮辱成敗都決定在這幾張考試卷上。

一九七五年七月三日

考完了，終於考完了！考得還不錯，反正一定有學校可上。真想大叫幾聲，把幾個月來累積在心裡的壓力全部釋放出來……

◆

考完第二天，徐令瑤拉著崔姍和張舒雲去美容院。張舒雲堅持不改變頭髮，要耐心等著留一頭如瀑布的長髮。

「妳還沒看膩這頭清湯掛麵的髮型？我可要改頭換面一下。」

「我陪妳們去，可是我絕對不動我的頭髮！」

美容院擠滿了像她們一樣急著改頭換面的人，他們被排到第二天下午。

崔姍剪了一個赫本頭，更凸顯她的瓜子臉和圓圓的大眼。徐令霞在髮尾打了層次，然後燙了大波浪，顯得成熟撫媚。

從美容院出來，張舒雲看著崔姍說，「妳變小了！」然後對徐令霞說，「妳變老了！哈哈！我還是老樣子！」

一九七五年七月五日

……脫離了高中，我們急著長大，急著進入成年人的世界，品嚐自由自主的滋味。

◆

放榜那天，有考生的家庭十分忙亂，有人去學校看榜，有人在家抱著收音機聽，也有人去買報紙看。

崔姍考上第二志願將去台北上學，徐令霞吊車尾分到台中，張舒雲差了幾分沒考上師大。

她們倆去看張舒雲的時候，她已哭紅了雙眼。

「不要難過嘛！明年重考不就行了！有了一次經驗明年一定過關。」

「不考了！」張舒雲擦著眼淚說，「我想去軍校！」

「對呀！軍校妳絕對進得去，妳爸一定很高興，巾幗英雄耶！」

一九七五年八月五日

……一切塵埃落定，每個人有了不同的人生方向。朋友們各奔前程，但願我們仍然維持我們的友情。

進了大學，最憧憬的大概是愛情吧！為什麼偉大的愛情故事都帶著悲劇的色彩，像羅蜜歐與茱麗葉，像梁山伯與祝英台，像電影「愛的故事」，似乎只有童話故事才以「王子和公主從此過著美滿幸福的日子」為終結。

我會擁有怎樣的愛情？

◆

在進大學前，男生們還有一項額外的功課要完成——去成功嶺接受六週的軍事訓練。對他們而言，這是一個成人禮，是進入成年的一個考驗。他們期待證明自己的成長和能耐，但不免又有幾分惶恐。

在去成功嶺前一星期，風流詩人辦了一個舞會。舞會是屬於大學生的社交活動，雖然他們還沒正式進入大學，已迫不及待想嚐嚐當大學生的滋味。

張舒雲本來不想去，說沒考上大學太丟臉。

「唉呀！妳的成績可以上好多學校，有什麼好丟臉的！」徐令瑤說。

「妳不去，我們也不去！」崔姍說。

張舒雲笑著說對崔姍說，「我知道劉安國會去，妳想徐令瑤會為我做這種犧牲嗎？」

一九七五年八月十七日

明天要去風流詩人家參加舞會，新的經驗，好期待，好興奮！以往只能根據小說裡的描述想像舞會的場面，明天終於可以親身體驗。也不知會跳些什麼舞？會和男生搭肩握手嗎？

徐令瑤說她要和劉安國一起騎車去，唉！真為徐令瑤難過，她追劉安國追得好辛苦啊！

我和張舒雲坐公車去離風流詩人家最近的車站，然後會有男生騎摩托車來接我們。

啊！明天會是奇妙的一天！

◆

黃昏時，崔姍和張舒雲在車站等人來接，等了十分鐘才看到風流詩人和另一位男生騎著摩托車過來。

「對不起，剛剛接另外兩位女生過去，讓妳們久等了！」風流詩人很有禮貌地說，然後對著他的同伴說，「你載崔姍，我載張舒雲。」

崔姍想這一定是風流詩人的狐群狗黨之一，但不知道他的名字。

「你是？」崔姍對著他說。

「哦！我叫洪立宇。」

「噢！你很會下圍棋和打橋牌！」崔㛢脫口而出。她聽徐令瑤提起這個人，徐令瑤常找劉安國講話，對他們男生圈十分熟悉。

「哈哈，芋頭你名氣不小！上車吧！去我家只要五分鐘！」風流詩人說。

張舒雲坐上車，很自然地雙手扶著風流詩人的腰，她有三個兄弟，面對男生不會有絲毫的忸怩不安。

崔㛢不同，家裡就兩姊妹，她臉皮又薄，第一次坐陌生男生的車，有點不知所措。穿著裙子只能側坐，小心翼翼儘量往後坐，不想碰到洪立宇，雙手不知該抓住什麼地方。

「坐好了嗎？抓緊我，別掉下去了！」

他起動了車子，崔㛢別無選擇，只能緊緊扶著他的肩膀。

風流詩人家院大宅寬，雖然不是高官住的村子，但環境也是別的村子所不及的。歸劃整齊的巷道裡，每家幾乎是兩扇大紅鐵門，配上爬在紅磚牆上的九重葛，十分氣派。

客廳裡已擠了不少人，還有些站在院子裏聊天，崔㛢認識其中大半。

音樂響起，男生紛紛邀請女生跳舞。一開始大家有點放不開，跳了幾首後也就放鬆了身體，反正大都是各跳各的流行曲，沒什麼固定的步法。

不知為什麼，一整晚崔㛢感到自己的眼光老是流向洪立宇，他舞技不錯，跳起來很有韻律感。他邀請她兩次，但都不是需要搭肩握手的慢步曲。

舞會結束，男生們展示紳士派頭安排著誰送誰回家。徐令瑤當然和劉安國一起騎車回家，風流詩人騎車送張舒雲。崔㛢暗暗希望會是洪立宇騎車載她回去，結果是另外兩位男生叫了計程車送她回家。

一九七五年八月十八日

情緒到現在還停留在舞會的興奮狀態，今晚大概要失眠了！

一夜之間大家似乎都脫去高中生的青澀，也抹去男女生間不可跨越的界線，開始釋放對異性的愛慕之情。

風流詩人對張舒雲幾乎是採緊迫盯人的架勢，隨侍左右。劉安國似乎有意躲避徐令瑤，只和她跳了一次，還是徐令瑤主動找他跳的，倒是看他邀請另一個我不認識的女孩跳了好幾回。

有兩個男生很殷勤邀我跳舞，還和他們各跳一支需要握手的慢舞，可是我並沒太大的震撼，是不是就是所謂的不來電，沒有Chemistry……

那個叫洪立宇的，和他跳了兩支舞，可是都不是慢舞。仔細觀察了他，兩道濃眉，高挺的鼻子，方方的額頭，隱隱現出兩道眉間紋，大概是近視，又常皺眉頭想棋局造出來的吧！Anyway，很有頭腦的樣子！事實上他的頭著實不小！

散會時沒看到他的蹤影，有點悵然若失……

◆

一九七五年八月十九日

今天下起雨，不想出門，和徐令瑤在電話聊了好久。

當然她的話題總圍著劉安國轉，她說雖然沒在舞會和他多跳幾支舞，但是能在星空下和他一起騎車回家，已經讓她滿心歡喜，徹夜難眠，原來失眠的不止我一個。

今天的情緒和昨天比真是天壤之別，是因為我知道了洪立宇有女朋友？

徐令瑤說，昨天穿紫色上衣的女孩，不住眷村但和我們同校，聽說她和洪立宇是一對。

昨天洪立宇確實和紫色上衣女孩跳了好幾支舞，包括慢舞。散會後沒看到他的蹤影，自然是送女朋友回家了！

窗外滴在屋頂上的雨聲，叮叮咚咚，惹人心煩，唉！今晚又要失眠了！

◆

成功嶺的探親日是個大日子，所有家長都迫不及待地想看看從沒吃苦的兒子，在軍事訓練下變成了什麼樣子。

「我明天要跟劉安國的爸媽去成功嶺，妳們想去看看嗎？」徐令瑤問崔姍和張舒雲。

「前年我哥上大學時去過了，妳忘啦！」張舒雲說。

「我去幹麼？一沒親人，二沒男友。」崔姍說。

「妳和劉安國以後會怎樣？他去台北上學，妳在台中。」張舒雲問，她和崔姍都不認為他們會有什麼結果，一粒空心的種子，澆再多水也發不出芽的。

「我也不知道，他去成功嶺我寫了好幾封信，他都沒回。」徐令瑤鬱鬱地說。

一九七五年九月二十五日

……徐令瑤今天從成功嶺回來立刻找我們訴苦。一面流淚一面說，她失戀了！她不辭辛苦去看劉安國，他卻對她不理不睬。更糟糕的是，另外有個女生專程去看他，他和別人有說有笑。劉安國實在很過份，既然有別的女朋友，為什麼不早向徐令瑤說明，不但浪費她的感情，還傷了她的自尊，真可惡！

不知道徐令瑤有沒看到洪立宇，很想知道他穿上軍服是什麼樣子，但徐令瑤在愁苦中，怎能向她打聽這種不相干的事。猜想他的女朋友一定也去成功嶺看他吧！

我現在更了解徐令瑤的心情，喜歡一個人真是身不由己，像陷入一個巨大的漩渦，脫不了身……

◆

十月中學校將陸續開學，十月初要去外地唸書的人開始整理行囊。

崔姍帶了兩個箱子，北部天冷，所有厚衣服都帶上了。一個人拿不了太多東西，棉被和其他日常用品等到了學校再添置。

火車上有不少和她一樣初次離家的大學新鮮人，有些有家長陪著，甚至全家陪著去學校。崔姍不要任何人陪，她要學習獨立，但是她媽媽不放心，還是找了朋友在火車站接她。

一九七五年十月六日

……來到了繁華熱鬧的台北，遠離了朝夕相處的家人，我已經開始想念他們了。呀！怎麼眼淚在眼眶裡聚集起來了，真是太沒用，別讓室友們看到了！

六人一間的宿舍還算寬敞，反正大部分時間在學校上課，只要有床有書桌就行了！

六個人來自不同縣市，但願我們能融洽相處，成為好朋友！

◆

大學生活十分忙碌，課業不輕，還有許多社團吸引著精力旺盛又充滿好奇心的新鮮人。

崔姍參加了詩社和社會工作研習會社。

校園裡來來往往的年輕男女時時演出鳳求凰或凰求鳳的劇碼。在幾個聯誼活動裡，崔姍感覺到有人對她表現出額外的殷勤，但都不能讓她動心。

她和徐令瑤和張舒雲不時有書信往來，報告彼此的現況。

一九七五年十一月十二日

……好高興知道徐令瑤已走出劉安國的陰影，說有個同班同學正在追她，字裡行間幾乎能擠出蜜來，可見被愛要快樂得多！

張舒雲和風流詩人還在穩定交往中，沒想到多情種子對張舒雲倒是一片癡心……

參加了詩社和社工社，想在文學和服務中，尋求至真至美，開拓大我胸懷。

當了大學生我要踏踏實實地唸書，不能像高中時只在應付考試成績。學海無涯，進了大學殿堂，多少也要有些收穫！

◆

離聖誕節前一個星期，下課回到宿舍，崔姍看到桌上躺著一封信，來自新竹。

十二月十七日一九七五年

What a surprise！洪立宇竟然來信邀請我去參加他們班在台北辦的舞會。

他說，也許來不及收到我的答覆，所以聖誕前夕六點他會在校門口等半小時，如果我沒出現，表示我拒絕了他，雖然他會很失望，但尊重我的選擇。

我怎會拒絕他？可是他不是有女朋友嗎？唉！反正只是去跳舞，別想太多！

◆

崔姍穿了件淺咖啡高領衫配格子長裙，繫一條寬皮帶，再穿上米色短大衣，比起四個月前，多了點成熟的韻味。過了六點，她緩緩走向校門口。故意拖延點時間，是不想透露內心的殷切之情。

遠遠她看到站在寒風裡的洪立宇正低頭看錶，他似乎壯實些，頭髮留長了，穿了件皮夾克，看起來就是大學生的樣子。當他發現她的身影，立刻舉起手向她打招呼，她看得出他眼裡透出的喜悅。

「謝謝妳接受我的邀請，真怕妳會拒絕我！」他笑著說。

「謝謝你的邀請！」她微笑回答。

她心裡很想問怎麼想到我？為什麼沒邀請穿紫衣的女朋友？但沒說出口，實在不想讓不在場的第三者破壞了屬於她的夜晚。

他們坐計程車去不遠的舞會地點。熱鬧的街市到處閃著晶亮的聖誕小燈，像在唱著無聲的歌曲。坐在洪立宇身旁，崔姍想起四個月前坐在他摩托車後座的一幕，不禁微笑起來。她把頭轉向窗外，不想讓他看到她的滿臉笑意。

在舞會裡，他們聊著彼此的近況，從最初的客套到後來的肺腑，他們感覺到彼此的吸引與默契。舞會結束時，他們像失散多年的朋友，為重逢而歡心。

回宿舍的路上，崔姍忍不住還是問他，「怎麼沒請你的女朋友當舞伴？」

「女朋友？什麼女朋友？」他一臉迷惑。

「上次舞會穿紫色上衣的女孩！」

他想了想，像突然找到答案，「噢，妳是說趙文琪。她不是我的女朋友。高三下學期大概想排遣聯考的壓力，有人約了幾個妳們女校的女生，一起看電影或玩玩牌。我和趙文琪曾經單獨去看過一次電影，所以有人說我們是一對，其實我們並沒對彼此認真過。信不信，上次舞會之後我們就沒聯絡了！」

「真的？她沒去成功嶺看你？」

「沒有！可見她也不認為是我的女朋友！」他笑著說。

頓了一下，他說，「那時候我倒希望能無意中碰到妳！」

一九七五年十二月二十四日

多美好的夜晚！

他們班舞會辦得有聲有色，音響好，還裝了特別燈光，把人照成非洲黑人，只看到一排白牙。我和他一半時間跳舞一半時間談話，談得十分投機，奇怪，為什麼和他在一起感到特別自在，莫非我們真的有緣？

他說他希望無意中碰到我，他在給我暗示嗎？

分手前他問我明天有沒空，他明天傍晚才回新竹，想請我吃中餐、看電影。對他我當然有空，顧不得什麼矜持，立刻答應了他！

今晚一定有好夢，明天又會是美好的一天！

◆

中午，他們去吃台北鼎鼎有名的牛肉麵。崔姍發現他們連口味都相近，這更讓她相信他們是有緣人。

吃完麵，離電影開場還有一個多小時，他們沿著街道無目的的走著。放假日街上擠滿了人潮，他們幾乎是貼在一起走。過斑馬線時，他牽起她的手，過了街也沒放手，她讓他牽著。

看完電影，他送她回宿舍，分手前，他說，「我會寫信給妳！也許每天寫一封！」

一九七五年十二月二十五日

……讓他牽著手，一股股暖流流進我心裡，如偎著冬日火爐般溫暖舒適，讓人戀戀不捨。

今天聊了好多，談到自己的計畫和對未來的憧憬，他的確是個有頭腦的人，真希望能和他共創未來。才第二次約會就談到未來，是不是太快了點？可是我怎麼覺得已經認識他一輩子了！

他真的會每天寫信給我嗎？

◆

隔了三天她收到他的信，顯然是回去當天晚上寫的。

一九七五年十二月二十八日

他寫來一封長信，我立刻回了信。

他寫著，「妳知道嗎？當妳手搭在我肩上那一剎那，我就知道我逃不掉了！四個多月來，我時時想著妳，但總提不起勇氣寫信給妳，怕被拒絕，不寫還能存有希望，被拒絕了，希望就破滅了！」

唉！立宇，你怎麼沒猜到我的心思，我等了你四個多月！

他還寫了一句英文，「if you were a bird,I'd be a worm.」

如果妳是隻小鳥，我願當隻小蟲。

這句話的隱喻是什麼？蟲是鳥的食物，他願意為我犧牲？還只是取兩者相依相隨的關係？可以確定的是，他在向我表明心跡。it makes me smile！

是巧合？還是命中註定？我說過希望我的伴侶是隻小蟲，他會是我的伴侶嗎？

◆

「姍，妳有沒看到我的車鑰匙？妳在哪裡？可不可以幫我找找！」

「我在樓上！」她大聲回應著，聽到他跑上樓。

「拜託幫我找找，」他看她坐在衣櫃間地上，身旁有個放舊物的紙箱，「妳躲在這幹麼？」

「看日記！」她捧著一本褪色的淺藍日記，笑著對他說，「又找不到東西啦！四十多年前的小蟲退化成老糊塗蟲嘍！」

鈔票牆

他並不窮，以他存款來看，很多人會說他是有錢人。

但是從衣食住行各方面來看沒有人會說他是有錢人，甚至以為他是需要接濟的窮人。

他的生活最大目標大概就是：省錢和存錢。

別人家的牆是空心的，他家有一面牆很紮實，裡面是一層層的鈔票。

一般人稱打腫臉充胖子的假有錢人是空心大老，他可是實心實在的有錢人，隨時可以拿出一疊大鈔擺在眼前。不同的是他從來不出示他的錢財，更不會和別人談論他的財富。他有一本厚厚的帳簿記錄著財富的成長，像虔誠教徒勤讀聖經般，他常常以榮耀的心細細翻閱他的流水帳。

他今年五十五歲，生日那天照例去小店吃了碗豬腳麵線外加一個滷蛋，這是他一年裡可以數得出的外食次數之一。和以往一樣，面對那碗麵線，他的思緒不由自主地跟著騰騰熱氣一起翻騰，眼眶裡積蓄的淚水加上麵的熱氣，在視線模糊的狀態下囫圇吞下肚。好在他戴了付眼鏡，不怕別人窺視到他眼睛的狀況。

在他一生五十五次生日裡，最前四次他沒任何記憶，五歲時媽媽端給他的那碗豬腳麵線，讓他終生難忘。每次回想起來，那時滋滋有味啃著香味撲鼻的豬腳的滿足感仍然溢滿心懷。媽媽還摸著他的頭說，他是個吃家，筋皮吃得乾乾淨淨一絲不剩。七歲那年他吃了兩回豬腳，五歲的妹妹不喜歡豬腳，全讓給他吃。他知道媽媽要等他們滿五歲才煮豬腳麵線為他們慶生，他心裡默默祈禱，希望三歲和一歲的妹妹以後長大也和大妹一樣不愛吃豬腳。他奇怪為什麼爸爸媽媽都沒有生日豬腳，媽媽只淡淡的說，大人是不興過生日的。那時候家裡飯桌上少見大魚大肉，他眼巴巴等待每年生日和除夕。

老天爺沒聽到他的祈禱，才吃完七歲豬腳沒多久，爸爸心臟病突發倒在工地，再也起不來。從此生日豬腳絕跡，一直等到大學畢業服完兵役，找到一份工資不錯的工作，生日豬腳才再度出現。那年他二十四歲，獨自在小店為自己慶生。本來應該是個不一樣的生日，帶有重生意味的生日。熬了這麼多年他終於可以分擔媽媽身上的重擔，但是媽媽疲累的身體卻撐不到這一天。面對睽違十七年的生日豬腳，梗塞的喉頭讓他難以下嚥，忍著隨時會崩潰的淚水，草草吃幾口麵，逃也似的離開小店。

爸爸是一般人稱的老芋仔，當年隻身隨軍漂洋過海來台灣，年近四十才用一筆對窮人家而言十分豐厚的聘金娶回二十出頭的媽媽。爸爸退役後在營造廠做工，雖然收入不豐，但是也夠一家溫飽，他的童年在七歲之前也算是無憂無慮。

媽媽是沒受過教育的窮人家女兒，雖然和爸爸相差十七歲，又各有完全不同的成長背景，但是他們相處融合，客客氣氣對待彼此。

他是長子又是唯一的兒子，在七歲之前他著實享受到一些特別待遇。爸爸一走，一夜間他成了家裡唯一的男人。天真無邪的孩童轉身變成眉頭深鎖的成年人。媽媽常對他哭訴生活的艱難困苦，很多時候他似懂非懂，但是他了解必須陪著媽媽品嚐悲苦的滋味。

他第一次認識金錢的重要性，是媽媽牽著他們四個回娘家那次。媽媽一面擦著哭紅的眼一面向阿嬤哭訴，錢快用完了，家裡快沒飯吃了。阿嬤不斷嘆著氣說，家裡情形你也知，就算我願意收留你們，你哥嫂也不願意，嫁出去的女兒潑出去的水，唉！後來阿嬤在媽媽手裡塞了幾張皺巴巴的鈔票，這是我的私房錢都給妳了！

錢是生存的主宰。沒錢就沒飯吃，要餓肚子。沒錢就失去尊嚴，要低聲下氣。沒錢就失去魅力，終被移情別戀。

他是個老光棍，從來沒結過婚，但並不是說他沒戀愛過。在他唯一的相簿裡，有好幾張發黃的相片，是他和他一生唯一的戀人的合照。

以一般標準而言，他的外貌是在標準之上，體魄雖不魁偉但也有幾分英姿。大二開始他和她就就成了班上的一對。在學校他們形影不離，課後反而沒時間在一起，課餘他不是忙家教，就是到處打工，把握所有賺錢的機會。她很體諒他，還常稱讚他是有擔當有責任感的男人。他們像其他戀人般常常勾畫未來的夢想，承諾彼此攜手共同奮鬥。大學時代是他一生最快樂的時光，他努力學習，賣力工作，他以為擁有了一切，全身充滿動力，像蓄勢待發的火箭準備衝向設定的目標。

在他服兵役的第一年，一切計畫和夢想都在無預警的狀態下被揉碎打破。先是媽媽檢查出癌症，短短三個月後就撒手西歸。然後他又接到一封她的長信，解釋他們已過了作夢的年齡，必須面對現實的人生做正確的選擇，她選擇了多金的小開。他很傷心，但是理解她的選擇，誰不想過舒適富裕的生活？而他能給她的只有拮据與責任，對他三個妹妹的責任。

三個妹妹都比他還會唸書，從小名列前茅。媽媽一再告誡他們，自己就吃虧在沒唸過書，只能以勞力維生，所以媽媽再怎麼辛苦也要讓他們上大學。媽媽走了，他一肩扛下所有的責任。妹妹們上學雖然都有獎學金，課餘也到處打工，但是他知道女孩子的開銷總是多些，他們總不能像他一樣就兩件襯衫換著穿。他省吃儉用，對妹妹們卻十分大方，更鼓勵他們出國深造。等小妹拿到碩士學位，找到工作，他終於卸下肩上的擔子，那年他三十三歲。

妹妹們定居國外，都有了自己的家。在他年近四十的時候，妹妹們千方百計想為他撮合一段姻緣。他卻表現得意興闌珊，每次和對方見面，也不知是想考驗對方，還是有意把對方嚇走；他不穿妹妹們為他添置的新衣，仍然一身洗得泛白的舊衣，不冷不熱的應對，見一次面後對方就打了退堂鼓。失敗了幾次，妹妹們也就放棄了。他又回到水波不興的單身日子。

他的生活越來越簡單，像沖泡過無數次的茶淡得不見顏色。彷彿是為了給生活增加點重量，他把注意力放到錢上。

他大半生都在為錢奔波忙祿。忙著賺進忙著支付，從沒來得及捧在手裡好好鑑賞金錢的魔力。

那些年媽媽用布包把么妹背在後面幫人家洗衣服賺取微薄的家用。媽媽坐在小板凳上，面對一大盆衣服，在洗衣板上用力搓揉。暑熱天裡，她額頭上的汗珠一顆顆落在盆裡，埋進厚厚的泡沫中；寒冬時節，她的手乾燥龜裂滲出絲絲血水，有時候必須戴上橡膠手套才能碰水。後來，洗衣機代替了人工，媽媽就改去工地做工，仍然是靠一雙手流血流汗來養家活口。當他學會幫媽媽收錢算帳，他很清楚每一分每一毫的錢都沾有媽媽的血汗。

對金錢他是愛恨交加。錢能讓他設立生活目標，拚命往上爬；錢能改善他的生活、能實現他的夢想。但是錢也讓他失去戀情，失去青春年華的自由與無憂。

他要成為金錢的主人，當他不必為了節省而穿舊衣吃簡食，他仍然選擇生活過得像窮人，在心理上這是一個勝利，對金錢的戰勝。

有一年清明，他拿了一疊百元真鈔，一張張燒給他的爸媽，他想讓他們嚐嚐手握大鈔的感覺。看著鈔票燒成灰，青煙消失在空氣裡，他沒什麼特別感覺，只覺得一切都是空的，逝去的永遠無法追回。

本來他的錢是存在銀行，幾年前的金融風暴讓他惴惴不安，於是把所有存款提出，分成小包用塑膠袋裝好，藏在臥室和客廳之間的牆裡。他在牆上做了一個小小的暗門，然後掛了一幅畫遮擋，事實上暗門做得十分精巧，不仔細看並看不出裂縫，只看到牆上有一個小小的環釦。每次領了薪資，他預留一些日常開銷，剩餘的都裝進塑膠袋放進牆裡。

當他累積了一點財富，他了解到為什麼很多人說，錢滾錢很容易；像玩雪球，只要捏了一個小圓球，體積會越滾越大。一旦他擁有了金錢之球，他放在股票市場滾動，出乎他的意料之外，他的球迅速膨脹。

他有好幾本黑皮鑲金邊的記事簿，這是他唯一願意花費的高檔品，裡面詳細記錄著每天的帳目。他生活簡單帳目並不複雜，只是因為股市的浮動，總結下來每天的資產上上下下落差不小。他自認是保守的投資者，所以並不擔心他的財富會付諸流水，他喜歡他的記事簿裡起起伏伏的數字，像一首旋律悠揚的曲譜，緩緩向高音的方向邁進。

妹妹們常邀請他去旅遊，甚至願意幫他出旅費，他總推拖工作忙，自從建了鈔票牆就更不願離家遠遊。事實上，從她背棄他以後，他就失去了尋求歡樂的能力。

幾年前在街上碰到一位大學同學，閒談中知道她近況並不好，先生生意失敗負債累累，也不知道還能不能東山再起。那天晚上他拿著一疊鈔票回想當年，如果當時他擁有這些，是不是像身上懷著一個巨大的吸鐵石，會把她牢牢吸住。他並沒有幸災樂禍，或感到任何報復性的快感。如果她來找他幫忙，他甚至會毫不猶豫全部借給她。當然他知道她不可能出現在他的眼前，沒有人知道他牆裡的財富。

五十五歲的豬腳麵線是他最後一次為自己慶生。

在一個酷熱的夜晚，他的簡陋公寓毀於一場火災裡。事後根據調查，火源起於他的一架老舊的風扇電線走火。由於他家裡家具和雜物不多，火勢並不是一發不可收拾的猛烈，他的左鄰右舍全都有足夠的時間攜帶一些貴重物品逃離現場。等消防員滅了火，發現他窒息死於臥室牆邊，身旁散落著許多鈔票，有些燒成焦黑，有些燒了一半，還有不少完整無缺。

農夫市集

五月的清晨，在美國西北方的小城，氣溫乍暖還寒。室內有暖氣，摸不清外面到底是冷是暖，方美柔索性走到屋外探探溫度。院子裡的杜鵑和茶花一朵朵盛開著，此地雨水豐沛，每片葉子都被刷洗得清清亮亮，帶著水氣的花朵，更見嬌嫩靈秀。

「媽，妳要我把哪些畫放在車上？」兒子王明浩在屋裡喊著。

方美柔走進屋裡，指點著兒子把今天要賣的畫放進車裡。

農夫市集從五月開放到十月，週六早上九點到下午三點。因為離家不遠，自從搬來小城，逛市集成了她每星期六的固定活動。雖然她不能像在台灣時可以和小販們話家常，但是她發現農夫市集的攤販大都溫和有禮，笑臉迎人，對她支離破碎的英文也耐心拼湊。

在市集擺攤賣畫，一則打發時間，一則賺點零用錢。她的退休金足夠她花用，但是自力更生慣了，總覺得閒著無所事事是種浪費。剛搬來時主要是幫忙看顧孫子，自從孫子進入幼稚園不再需要她跟前跟後，她又開始把精力放在繪畫，不知不覺家裡累積了不少畫。前年她被賣水彩畫的新攤位吸引，在那佇足觀賞良久，和攤主凱瑞聊了起來，凱瑞得知她會畫畫，立刻鼓勵她也來擺個攤位。

教了幾十年的美術，中西畫都能掌握，她決定賣國畫，因為市場裡已有兩個賣油畫，一個賣水彩畫，不想搶別人生意，到底她賣畫的目的並不是為了生計。小城中華人人口並不多，她想大概也不會有多少顧客上門，不過反正租個攤位並沒花費多少，就算給自己一個新的經驗吧！

瑪莉對她說過好幾次，很羨慕她有個好兒子。孤兒寡母，方美柔她很慶幸他們可以彼此依靠照顧，兒子的確孝順，不過兒子結婚後，她儘量不佔用兒子的時間。

方美柔在攤位前擺了張桌子，閒的時候就寫寫字。有時候就會吸引一些好奇的外國人駐足觀看，也免不了有人會提出問題。方美柔不怕和陌生人以英文交談，結結巴巴尋找恰當的字詞慢慢解說。她也不確定別人能聽懂幾分，不過也不要緊，又不是在課堂上課，別人只是隨口問問，也不在乎得到什麼答案。

那天正努力為幾個人解釋文房四寶，比手畫腳，正感到力逮詞窮的時候，突然冒出個陌生男人，用中文對她說：「我還懂一點文房四寶，要不要我幫妳解釋？」

方美柔如釋重負，讓陌生人接手。

有了交流，挑起客人興致，不斷提出問題，後來還賣出了兩幅畫。

客人走後，方美柔趕緊向這位陌生人致謝。

「啊！謝謝你的幫忙，你的英文真流利！」

「哪裡！哪裡！在美國住了四十多年，不但英文還是二流的，連中文也淪為二流了！」他笑著說。

他叫張廣生，四十多年前從台灣到美國留學，拿到學位找到工作後，就決定留在美國。之後，結婚生子，落地生根，成了標準的白領中產階級。

「你對書法很有研究？」方美柔打量著眼前的陌生人，中等身材，雖然腹部微凸，但背脊挺直，看起來神采奕奕，並不顯老。

「談不上研究，我雖然是學工程，但一直對中國書畫很感興趣，退休以後閒著沒事，偶爾也會臨貼，胡亂寫寫！」

「你太謙虛了！你一定寫得一手好字！這有現成的紙筆，你來寫幾個字吧！」

難得碰到志同道合的人，方美柔感到很興奮。

「不行！不行！班門弄釜，會讓妳笑話！」

張廣生再三推辭，方美柔也不好勉強。

「你一個人來買菜？」

「也沒有特別要買什麼菜，只是隨便逛逛！」

「你是新搬來這裡的吧？好像不曾見過你？」

來農夫市場買菜的，很多是老顧客，加上此地東方面孔不多，舊面孔方美柔多少會有些印象。

「我女兒一家年初搬來這裡，要我來看看他們的新房子。我是頭一次來，這兒湖光山色，真是個美麗的地方。」

聊了幾句，有人來看畫，張廣生就告辭了。

收攤的時候，王明浩對方美柔說：「媽，妳今天好像特別高興，賣了好多畫，是吧？」

「是啊！今天是賣了好幾幅畫，多虧一位張先生幫我解說。」

「誰是張先生？」

「嗯，一個新搬來這裡的客人。」

提到張廣生，方美柔感到自己似乎有些出乎平常的興奮。

第二星期，張廣生再度出現，這次他逗留比較久，主要聊著書畫話題，方美柔很驚訝張廣生對書畫有如此深厚的認知。

第三星期，出門前方美柔換了一件淺灰色棉衫，圍上一條花色長絲巾，還抹了些唇膏。

「哇！媽，妳今天容光換發，好漂亮！」媳婦欣華看到她，誇張地嚷著。

方美柔是個開明的婆婆，和媳婦相處融洽，他們夫妻起了爭執，她也一定要兒子向媳婦道歉賠罪，所以三代同住在一個屋簷下，多年來倒也相安無事。

平常方美柔穿衣非常低調，只穿比較素淨的顏色。這絲巾是去年媳婦送她的聖誕禮物。

「會不會太花俏，我看還是不要圍絲巾！」方美柔想把絲巾扯下。

「不會！不會！好看得很！」媳婦按住她的手說。「我從前送妳的幾條漂亮項鍊也沒看妳戴，拿出來換著戴吧！有這麼漂亮的老闆娘坐鎮，也許可以賣掉更多畫哩！」媳婦笑著說。

自從守寡後，方美柔不記得曾經為誰刻意妝扮過。今天不知怎的，對著鏡子，總想把自己弄得順眼些。

到了市場，瑪莉一看到她，馬上說：「妳看起來好漂亮啊！」

瑪莉穿衣和一般美國上了年紀的女人一樣，越老穿得越花俏。除了衣服色彩鮮豔外，耳環、項鍊也極盡誇張之能事。平常她兩人站在一起，一個是花團錦簇的花園，一個是暮靄瀰漫的枯樹林。

方美柔細緻的皮膚並沒有多少皺紋，五官雖不突出，但面貌端正，很有親和感。如果她把灰白頭髮染一染，看起來會年輕十歲。

王明浩幫媽媽打理妥當後，就忙著回家帶兒子去球賽。

才開市，買菜人潮還沒出現。方美柔在桌前坐下，攤開紙，磨著墨，準備寫字，眼睛卻不自覺地在左右張望。

她似乎突然意識到自己有所期待，趕緊定下心神，深呼口氣，開始專心寫字。

沒寫幾個字，耳邊就傳來熟悉的聲音。

「妳這幾個智永的字寫得真是韻味十足！」

方美柔在先生去世後，練字是她療傷忘憂的方式之一。寫著寫著就成了習慣，也花了不少時間研究各家字體。張廣生竟然認得她在寫智永的字，對他又產生進一步的好感。

聊了一會兒書法，張廣生突然說：「真捨不得這裡，明天我要回家了！」

「噢！這麼快！」

方美柔不想表現出留戀之意，接著說：「這裡夏季天氣涼爽，是避暑好地方！」

「我也這麼想，真是越來越喜歡這個城市！」

「謝謝你幫我賣了好幾幅畫，下次來看女兒，別忘了來這兒逛逛！」

「一定，一定，嗯……」

張廣生欲言又止，用手摸了摸稀疏的頭髮，突然像是想到了什麼，伸手到褲袋拿出皮夾，指著一幅畫，說：「我要買那幅畫，帶回去做個紀念。」

「別拿錢，送給你！」方美柔拿起畫交給他。「其實應該寫幅字送給你，只是太倉促，沒時間裱褙。這樣吧！反正你總還會來看你女兒，下次你來再送給你。」

「一言為定，先謝謝妳了！」張廣生拿著畫，無限歡喜地道別。

再下個星期擺攤時，方美柔感到自己有些意興闌珊，連寫字時都有些心不在焉。

快收攤時，瑪莉問她：

「妳的男朋友今天怎麼沒來？」

「什麼男朋友？」方美柔一頭霧水。

「就是那位戴眼鏡，很英俊的中國紳士。」

「噢！那只是位客人而已，不是男朋友。再說我已經是祖母了，怎麼會有男朋友！」

「我看得出來他對妳有興趣。誰說祖母就不能交男朋友？我有一個八十歲的姨母去年才又結婚。我看妳對他也感興趣……」

「不是！不是！」方美柔急著否認。「他只是普通顧客，不是男朋友。」

瑪莉笑著說，「我一向看得很準，妳自己還不覺得，有男朋友是好事，不要拒絕，我多希望我也有個男朋友來市場看我！」

張廣生被認為是自己的男朋友，方美柔感到有些不知所措，臉似乎在微微發燙。

這輩子就只談過一次戀愛，結過一次婚，四十二歲守寡後就不曾動過再婚的念頭。對張廣生的確一見如故，不過再怎麼有好感，也只限於普通朋友，她不可能有什麼別的念頭。

九月中旬，天氣已開始轉涼，路旁楓葉無聲無息變換著色彩。天氣一冷，市場也安靜下來，失去夏天時的熱鬧和擁擠。方美柔正背著店面低頭喝著熱茶暖身。

「嗨！近來好嗎？」方美柔沒忘記這個聲音，立刻轉過身來，高興地說：「啊，張先生，你又來看女兒了？」

「是！是！噢！也不全是，事實上，我搬來這裡了！」張廣生滿臉笑容，似乎有些語無倫次。

「啊！太好了！」方美柔不覺熱烈回應，立刻又覺得有些不妥，趕緊加一句：「這小城風景優美，空氣新鮮，交通方便，很適合養老。」

「是！是！反正我一個人，住哪裡都一樣，換個新環境，認識些新朋友也不錯！」

「你是住在女兒家？」

「沒有，我自己租了一棟公寓，就在前面不遠，走路十分鐘就到。」他用手指了指，彷彿是在視線支內。

「那好！以後你來買菜，就來我攤子逛逛，如果碰到有人問我問題，你可以幫忙解說！」方美柔難以掩飾愉快的心情。

「沒問題，一定全力以赴！」張廣生也透露出無限歡欣。

張廣生真的每星期六都會出現，總在方美柔攤子逗留一陣。有時候瑪莉也會湊進來和他們聊聊，張廣生不免要照顧一下瑪莉的生意，買了幾瓶蜂蜜，這下瑪莉更是沒事就說方美柔找到一個好男友。不論方美柔如何否認，提到張廣生，瑪莉一定稱妳的男朋友，聽多了，方美柔感到自己似乎也不以為怪了，但還是肯定自己無論如何是不會有男朋友的，六十二歲交男朋友，豈不貽笑大方！

那天聊了一陣，他突然說：「我們也算是朋友了吧！但是我一直不知該怎麼稱呼妳，方女士似乎太生疏，稱妳名字不知妳會不會介意？」

方美柔這才想起，認識這些日子來，他還沒稱呼過她，只像一般外國人用一聲「嗨」來開頭。

「我朋友都叫我美柔，外國朋友叫我媚，我總覺得不是在叫我，你還是喊我中文名字吧！你呢？習慣別人稱呼你中文還是英文名字？」

「都行！妳喜歡喊中文或英文，我都樂於接受。」張廣生像獲得獎賞般開心。

雖然方美柔要張廣生叫自己中文名字，她還是選擇稱呼他詹姆士，心想喊中文名字似乎太親密，用英文就有些距離感，會自在些。

張廣生看得出方美柔和他講話時是很愉快的，但是在不確定她的心意前，他不願意表現太露骨，免得破壞了剛建立的友誼，所以他強迫自己不可在攤位逗留太久。

張廣生和他去世的太太感情一向不錯，六年來一個人過日子，雖然有時候難免有寂寞之感，但是大體來說日子過得還差強人意。他會煮飯做菜，喜歡蒔花種草，不時和朋友旅遊聚會，一個人自由自在，也沒什麼不好，所以他雖然沒有完全排除續玄的可能性，但也不曾積極去追尋。

他也不明白為什麼對方美柔動心，也不過談了三次話，他就有了如果能和她共度餘生，此生也了無遺憾的想法！

回到波士頓後，他就感到自己無法平靜過日子，常常心不在焉，若有所失；到了星期六更是焦躁難安。終於，他決定搬家，打定了主意，立刻著手把房子出租。老友和兒女對他的搬遷都感到十分驚訝，他解釋說，年紀大了，就想和親人住得近些。

搬來之後，張廣生的日子似乎就在等待星期六的來臨。他沒有方美柔家的地址，但知道她家也不過離農夫市集幾里路之外，所以沒事就四處走路，希望在路上不期而遇，但是奇蹟始終沒出現。

自從張廣生搬來小城後，方美柔感到自己的心情很明顯變得歡欣雀躍，做什麼事都興味十足，沒事總哼著歌曲，對星期六的擺攤更是迫不及待。連兒子媳婦都感到她的興奮之情。

「媽，妳怎麼越來越喜歡妳的攤販生涯？」王明浩開玩笑地問。

「我一直都喜歡呀！現在摸熟了環境，又認識了新朋友，當然更喜歡啦！」她跟兒子提過張廣生搬來小城的事，但是沒說張廣生每星期都會出現。

張廣生每次在她攤子逗留約半小時，其實她真希望他能待久點，有人陪著用中文聊天，多好！但是她不會主動挽留，只能暗暗盼望他再度出現。

那天張廣生中午時間才出現，手裡拿了一個紙袋，快步走進攤子，還好攤子裡沒客人，他立刻打開紙袋，拿出一個紙盤，裡面裝了一疊切得很整齊的蔥油餅。

「快吃！快吃！趁熱才好吃！」

方美柔趕緊拿了塊，咬一大口。

「啊！真是好吃！」

張廣生笑著看她吃。「我就知道妳會喜歡。」

「看不出來你還是烹飪高手！」

「老實說，我只有這蔥油餅上得檯面，其他的只是果腹而已！」

張廣生對方美柔講起當年當窮留學生的生涯。

「在學校餐廳吃美國食物吃得倒味口，又沒餘錢去外面打牙祭。想吃中國菜又不會做，事實上也買不到什麼材料可做。我愛吃麵食，餃子、包子太費事，想起曾看過我媽做蔥油餅，結果第一次做就做得有幾分像。之後嘴一饞，就捲起衣袖做蔥油餅，便宜又好吃，那時候我的蔥油餅在我們那些中國學生裡還小有名氣哩！這幾十年來不斷研究改進，吃過的人都很滿意，妳覺得呢？」

「好吃！好吃！真的好吃，是我吃過最好吃的蔥油餅！」方美柔連聲誇讚，「我兒子也愛吃蔥油餅，你不介意我把剩下的帶回去給他吃吧！」

「有人愛吃怎麼會介意，妳儘管吃，下次我再多做點。」

「你知道吧！下星期是今年最後一次擺攤了，謝謝你常來我攤子幫忙，還做了這麼好吃的蔥油餅，我實在應該請你吃頓飯，這樣吧！你把電話留給我，等哪天有空請你來我家吃個便飯。」

張廣生正擔憂市集結束後是不是就會失去聯繫，現在方美柔主動邀請，他感到樂不可支，立刻寫下自己的電話號碼。

最後一天收攤時，張廣生特地做了一疊蔥油餅送過來。王浩明終於見到媽媽常提起的張先生。

「張伯伯，謝謝你常來幫忙，你的蔥油餅真是天下第一。」王明浩笑著說。

「是呀！我在想哪天該請張先生到家裡吃個便飯。」方美柔接著說，在兒子面前她還是稱他張先生。

「沒什麼！沒什麼！不要客氣！」張廣生口是心非地說著客套話。

「如果張伯伯有空，那就下個週末吧！」

講好了時間地點，張廣生很興奮地回家等待下個週末的來臨。

有了方美柔的地址，照理說他可以在她家附近徘徊，一定有機會碰到她。可是他忍著不這麼做，他不想表現像個精神有問題的跟蹤狂，一有別人地址就出現在別人門口，還是耐心等到星期六赴約。

在晚餐中，他獲得很多訊息，知道方美柔每天都會去公園走路，於是第二天他打電話問她要不要一起走路，方美柔欣然同意。之後，一起走路就成了每天必然的活動。

有時候天氣太冷或下雨，他們就會在他家寫字聊天，或去喝咖啡，反正每天總會碰面。

張廣生後來又去方美柔家吃過好幾次飯，和她家人算是很熟了。方美柔全家也去他女兒家吃過一次飯，那天是張廣生六十八歲生日，他兒子全家四口也從加州飛來聚會，所以他們兩家家人都見了面。之後他女兒每次提到方美柔，就稱你的女朋友，張廣生也不以為忤。

王明浩很高興媽媽有個談得來的朋友，雖然媽媽常在家寫字畫畫，從沒抱怨日子太無聊，但是他知道在這東方面孔不多的小城住久了，多少會有些寂寞。

那天方美柔要媳婦幫忙染頭髮。一向她都不在意頭上白髮，也不覺得礙眼。

「媽，妳在談戀愛了！」媳婦笑著說。

被媳婦這麼一說，她感到有點窘，「別開媽玩笑！妳不是常叫我染頭髮的嗎？」

「對啊！可是我的話不算數，還是張伯伯的影響力比較大！這就叫女為悅己者容！」

方美柔真想和媳婦說說她近來微妙的心情，但怎麼也說不出口。

春天來臨時，他們已經無話不談，彷彿認識了一輩子。在外面走路時，方美柔會拒絕張廣生牽她的手，但是在他家她喜歡他握著她的手一起看電視。當然，他們之間並沒有什麼男女界線需要防守，也許是年紀關係，他們很自然的選擇享受淺酌微醺，而不求酩酊大醉。溫溫的火苗在手掌中傳遞，感到安全又甜蜜。

當然他也吻過她，當他們握著手看電視時，有時候他會舉起她的手，輕輕一吻。當他看她寫字時，他也會輕撫她的頭髮，在她頭上印上輕吻。他們還沒有擁抱熱吻，倒不是有什麼矜持，只是覺得過烈的舉動反而會破壞寧靜溫柔的氣氛。誰說只有身體的接觸才能傳達愛意？

那天走路，方美柔差點被個小石頭拌一跤，張廣生及時扶她一把才沒摔到。從此在外面走路張廣生一定要牽著她的手，他說，我們要互相扶持，有了年紀禁不起摔。在公共場所讓他牽手，等於公開承認他們的關係。其實方美柔在這小城並沒認識多少人，不大可能在路上碰到什麼熟人，只是自己心理上的感覺而已。

那天他們喝著茶，各自看著報紙，突然他摘下眼鏡，定定看著她說：「我們結婚吧！」

「結婚？」對張廣生的要求，方美柔並不驚訝，只是覺得會不會太快了點。

「妳不覺得如果我們能夠每天這樣過日子，不是很好嗎？」

老年人論及婚嫁比年輕人單純得多，沒有家庭事業的考量，沒有金錢外貌的計較，只想找個談得來信得過的老伴。

「我看還是先問問孩子們的意見吧！」方美柔還是有些顧慮。

「爸，你們相愛，同居就好了，何必麻煩要結婚，再說兩家人混在一起，將來財產分配也會糾纏不清……」

張廣生向方美柔轉述了兒女的說詞。

「他們在美國長大，對男女關係很開放，對錢財算得很清楚。其實他們很喜歡妳，但是他們反對我們結婚，可能覺得我這樣就對不起他們的媽媽吧！」

他苦笑一下，「當年他們結婚的時候也沒徵詢我的意見，沒想到我要結婚他們反而有這麼多意見……」

「也怪我，孩子小的時候，我忙著工作，和他們缺少互動，他們和我太太很親，相對的，對我就疏遠得多，到現在他們還是很少和我談他們的心事……」張廣生顯得有些落寞。

「那我們就不必急著結婚，等他們回心轉意再說吧！我不希望因為我破壞了你和孩子之間的感情。」

「不，我不要浪費時間，誰能預料我們還有多久日子？再說我怎麼過我未來的人生，並不需要他們的許可。嗯，明浩他們怎麼說？」

方美柔笑一笑，說：「浩浩和欣華巴不得早早把我嫁掉。」她沒仔細向他描述，當她宣布張廣生向她求婚的消息時，他們樂得直叫，不斷向她道喜。說他們兩人非常搭調，一定會很幸福。

「那好！那好！他們不反對就好！」張廣生眼睛一亮，緊握著方美柔的手說：「認識妳是我作夢也想不到的事，我愛妳，我非常珍惜我們的緣分……」他停頓下來，似乎想平靜一下自己的情緒，「我打算把我的兩棟房子房子賣掉，把所有財產平分三份，用我的那一份買個小房子，我的退休金足夠我們兩人過日子。」他笑了笑又接著說：「再不濟事，我就在妳旁邊擺個攤，賣我拿手蔥油餅，保證餓不到妳，妳願意嫁給我嗎？」

方美柔笑著點點頭，她想當她告訴瑪莉這個消息時，瑪莉會認為是意料中事，還是會大吃一驚？也許她也為市集製造了一段佳話。

蒲公英之戀

「小美，回來吃飯囉！」程達中站在竹籬前高聲喊著。

孫又美手裡捧著一把豔黃的蒲公英，飛奔到程達中面前，笑著說，「中哥哥送給你！」

◆

曾經這一幕景象常出現在孫又美的夢裡。大部分的夢是無關色彩，只是意識的流動，但是這個夢境色彩鮮明亮麗，她看到藍天白雲，綠草黃花，棕色竹籬上還爬著幾朵紫色牽牛花。中哥哥一身卡基布校服，自己穿了一件粉紅花連身裙。夢醒時她的嘴角總是帶著笑。

◆

孫又美睜開眼，緩緩坐起，她有點驚訝消失多年的夢，怎麼悄悄又回來了！她支著頭讓自己再回到夢裡，像放錄影片一樣從頭再看一遍。如果能永遠沈浸在夢裡，她情願長睡不醒。

夢裡的她是個小學生，程達中大她四歲，所以大概剛上中學。那時候住在眷村，小孩子們除了吃飯睡覺寫作業的時候待在屋裡，其他時間都在野地玩耍；只有程達中例外，他喜歡待在家裡看書或做手工藝品。他會木雕，雕出的小動物微妙微肖，她的書桌上擺了一排姿態各異的貓。

那時候幾乎每個孩子都有外號，程達中是玉面書生，她是肥貓；被叫肥貓只因為她的圓臉和圓滾滾的身體，和貓的嬌媚扯不上關係。但是她樂意被叫肥貓，因為中哥哥愛貓，他常常拿剩菜剩飯給村裡四處遊蕩的貓吃。

「喵喵……」她現在養了一隻黑貓，每天早上看她睡醒，立刻跳上床，在她身上磨蹭。她抱起黑貓說，「你才是名副其實的肥貓，看，我哪來的肥肉？」她把手伸在貓眼前。

進入青春期後她開始留心自己的外觀，尤其面對玉樹臨風的中哥哥，她更不允許自己發胖，五十多年來，她的體重始終保持在固定範圍內。

她走進浴室，看著鏡子裡的自己，如果把頭髮染黑，抹去臉上的皺紋，再把眼角往上提一提，和五十多年前的模樣也相去不遠。從來沒人稱讚她長得漂亮，圓寬的臉，狹長的鳳眼，平圓的鼻子，唯一可取的是她稜角分明的嘴唇。生來皮膚就不白，加上喜歡戶外活動，和中哥哥站在一起更是黑白分明，孫大海常笑說他們是巧克力和牛奶。她對著鏡子笑了笑，到現在他們還是巧克力和牛奶，只是巧克力失去了光澤，牛奶裡也加了許多斑斑點點東西。

◆

孫大海穿著汗衫短褲在院子釘雞籠，台灣的夏天真像個大火爐，斗大的汗珠一顆顆從額頭落下。

「小中，幫我拿杯水來！」他對著屋裡喊。

「好！」屋裡回應著。

不一會功夫，程達中捧了滿滿的一杯水，小心翼翼地遞給孫大海，深怕灑了出來。

「小中真乖，給叔叔這麼大杯水。」孫大海摸摸程達中的頭，咕嚕咕嚕把水喝了。

小中來他家快一年了，但是孫大海可以看得出來他還是見生，沒完全把這裡當自己的家。孫大海常看他對著他爸的遺照落淚，到底還是個七歲孩子，他不知道要怎麼安慰他，只會跟著難過嘆息。苦命的孩子，一歲沒了媽媽，六歲又失去爸爸。

老程和他是小同鄉，當年兩人都是十萬青年十萬軍的一員，因為性情相投，在部隊裡彼此照顧，情同手足。撤退到台灣時，老程太太才生下程達中沒幾個月，大概產後沒調養好，在船上又受到風寒，來台灣不久就去世了。

老程父兼母職，上班時把程達中送到保母家，下班就自己照顧，孩子養得禮貌有禮，從不調皮搗蛋，很是討人喜愛。老程不幸意外喪生，在台灣又沒近親可以託孤，孫大海毫不猶豫就接來撫養。

「如果叔叔以後有個兒子像你一樣聽話能幹就好了！」孫大海真心喜愛這個眉清目秀的孩子。程達中聽孫大海誇他，靦腆地笑著。

◆

孫太太難產生下孫又美，吃了很大的苦頭，一直不敢生老二；後來子宮長了一個不小的肌瘤，不得已必須割掉整個子宮，想再生也不可能了。孫大海喜歡小孩，一心想有個大家庭，如此一來，就只能寵愛孫又美和程達中，他的的確確把程達中視為己出。

程達中是個懂事又敏感的孩子，雖然被視為孫家一份子，還是緊守著分寸，循規蹈矩，從不惹事生非，也不會開口要什麼，更經常主動幫忙家務。孫大海和孫太太看在眼裡，對他更加疼愛，吃飯的時候不斷挾菜到他碗裡，衣服文具也樣樣顧全。家裡牆上貼著一張張程達中學校得來的獎狀，他是標準的品學兼優的好學生。

孫又美貌不出眾，學業成績不上不下，也沒什麼特別才藝讓人刮目相看，唯一讓她驕傲的是，她有一個中哥哥。她常說她能考上大學完全是中哥哥的功勞。從小學一年級開始，程達中就是她的專用家庭教師，一定要做完作業才准出去玩。她對爸媽的話常要賴不聽，但對程達中絕對唯命是從。

◆

孫又美看看窗外，是個晴朗溫煦的好天氣。今天是個特別的日子，是中哥哥等了一輩子的日子。

◆

程達中高三時老說放學後和一位同學一起溫習功課會晚點回家。那天他回家時，後面跟著一位身材高大，體魄健壯的少年。

「叔叔嬸嬸，這是我的好朋友向本剛，我請他來吃晚飯。對不起，沒事先和你們您們說。」程達中對正在擺碗筷準備吃晚飯的孫大海和孫太太說。

向本剛很有禮貌地對孫大海夫婦鞠躬問好。

「歡迎歡迎，不礙事！請坐，小美再去拿雙碗筷。」孫太太忙著招呼。

「我們在做數學題目一直找不到答案，想吃過晚飯再繼續做，所以就把他帶回來吃飯。」程達中繼續解釋著。

程又美一向是餐桌上話最多的，突然多了一個陌生人，不免有些拘束，靜靜吃著飯，偷偷打量眼前這位俊秀的大男孩。從他們的對話裡，她知道向本剛有個在服兵役的哥哥，兩個姊姊在台北一個就業一個在念大學，爸爸駐防外地，媽媽喜歡打牌，所以家裡常空無一人。

「那你以後就常來吃飯溫習功課吧！」孫大海夫婦再三邀請。

之後，向本剛真的就成了孫家常客，孫又美的生命中又多了一個讓她驕傲的向哥哥。

◆

那年暑假向本剛幾乎天天來孫家溫習功課，準備聯考。向本剛住在另一個眷村，來孫家要騎半小時腳踏車。天氣悶熱，房裡電風扇呼呼吹著，孫太太總會為他們準備一些酸梅湯或綠豆湯之類去火的飲料，不時要孫又美送進房裡。孫又美正處情竇初開的年紀，對兩位一表人才大男生萬分崇拜，常常也和他們擠在一張書桌做暑期作業。

有一次她隨手翻看程達中擺在桌旁的木雕工具箱，裡面有一塊還沒完成的木雕，兩隻相握的手，上面刻著forever。

「中哥哥，這木雕好特別啊！是要送人的嗎？」她拿在手裡問。

「不是送人的，只是刻著好玩！」

程達中一把搶回放進抽屜裡，臉上泛起一層紅暈。

向本剛在一旁微笑看著程達中。

有時候孫太太覺得他們倆唸得太辛苦，就叫他們出去走走。

「別老盯著書本，腦筋要唸糊了！」

只要孫又美在家一定跟著出去。村子外圍有個簡陋的籃球場，再遠點有條不及膝深的小溪，小溪對面有幾戶農家，一畦畦菜圃圍繞著農舍。

經過球場如果正好有人在投籃，向本剛一定會下場玩一下。對運動程達中一向不熱衷，他和孫又美就坐在樹下草地，看向本剛和別人一對一比球。孫又美拔著身旁的蒲公英，集了一小束再用一根草綁起來，她握在手裡把玩，不再像小時候會遞給程達中說，「中哥哥，送給你。」

程達中非常專注看著向本剛打球，向本剛每投進一球一定向他們的方向笑一笑。打完球流了一身汗，向本剛就會去附近的雜貨店買冰棒汽水請他們。他身上總是有些零錢，他說他媽每次出門打牌，就會塞點錢給他，叫他自己買點東西吃。

他們三人坐在小溪旁的大樹下喝汽水吹涼風，孫又美聽不懂他們說什麼叔本華、卡謬，似乎十分嚴肅地討論著什麼人生哲學。她不敢隨意嘻笑，只靜靜坐在一旁，看著樹上的飛鳥，摘著身旁的蒲公英。她雖然沒有參與他們的談話，但她覺得她和樹上的小鳥一樣快樂。

◆

後來他們倆都考上北部頂尖大學，雖然不同校但相隔不遠，第一年他們住在學校宿舍，第二年他們一起在兩校之間分租了一個房間。

「叔叔，我和本剛合租一房，這樣要節省得多。」他向孫大海報告他的變動。

「小中，該花的就花，不要太苛待自己，吃得好，住得舒服，書才唸得好！當年你爸去世有筆撫恤金，就是留給你念大學用的。」

「我知道，叔叔，我們租的房間算起來十分寬敞，住在一起也可以互相照顧。您知道我以後想出國深……」

孫大海打斷他的話，「小中，叔叔跟你說過，只要你願意念書，叔叔一定全力支持你，不要擔心錢的事。我知道你在當家教賺錢，要量力而為，不要累壞了自己，更不要耽誤課業。」

「謝謝叔叔，我……」

「不要謝我，這是我的責任，你只管用功念書就行了！」

孫大海夫婦省吃儉用也存了些錢，拿出來讓程達中出國深造，他一點也不會心疼。

程達中對孫家抱著感恩的心，時時刻刻找機會回報。寒暑假回家最重要的事就是督促孫又美的課業。孫又美平時絕少主動拿書本複習，成績只求平平，不用太多也不會太少。但是中哥哥坐在一旁指導，她是千百個願意，沒絲毫抱怨。孫大海夫婦看在眼裡，笑在心裡。

每次程達中收假返校，孫太太一定大包小包裝了許多他愛吃的東西，孫大海也會塞一筆零用錢給在他手裡，孫又美看得出他眼裡閃著亮晶晶的淚光。

◆

孫又美考上的大學和程達中服兵役的地點在同一縣市，孫大海特別囑咐程達中有空就去看看孫又美，幫她解決課上的難題，也帶她出去玩玩。程達中果然幾乎每個週末都出現在孫又美的宿舍門口。有時候向本剛也會結伴而來，他在外島服役，回來的機會不多，但只要有他在，程達中必定特別高興，話也明顯變多，不像只有他和孫又美兩人，大部分時間都是孫又美滔滔不絕敘述身邊大小事。

寒暑假孫又美回家，孫大海老提醒她寫信給程達中。

「爸，你這麼想念中哥哥，幹麼不自己寫？」孫又美故意作態，真要她每天寫一封她也不會反對。

碰到程達中也休假回家，孫大海更是鼓勵他們出去看電影、吃小館。

好幾次孫大海有意無意地問程達中有沒有女朋友，他毫不猶豫地說沒有，孫大海微笑著點點頭，不繼續說什麼。

「小美啊！大學上了一年有沒有男朋友？」孫大海一面督促孫又美寫信，一面問。

「唉呀！我又不是美女，誰要追啊！」

孫大海端詳著自己的女兒，她的確沒有書上形容的沉魚落雁的容貌，但模樣還算討喜，性情率直單純沒心機。孫大海常開玩笑說，她大概被人賣了還會向別人道謝。

◆

孫又美站在衣櫥前考慮著該穿哪件衣服，去市政府觀禮，不必太隆重，但也不好太隨便，到底也是婚禮。

◆

四十多年前她的婚禮，以當時的經濟環境而言，算是相當奢華。除了婚紗還另外訂製了兩件長禮服，宴客的餐廳也選了當時最豪華的一家。程達中一直說不要鋪張，至親好友吃個飯，宣布喜訊就可以了！

「不行！不行！我就一個女兒，再說隨隨便便給你辦喜事，將來哪有臉在天上見你爸。」

結果孫大海風風光光給他們辦了喜事，程達中那套上好布料裁製的西裝，到現在還很合身。

◆

電話響了，「媽，妳要我什麼時候來接妳？」

「你爸說他們一大早就去，市政府八點開門，如果你沒事我們也早點過去吧！」

「好，我和Jane今天都請了假，等會我來接你，Jane把孩子送上學就後，再去市政府和我們會合！」

「晚上的party都安排好了嗎？」

「媽，妳已經問了一百遍了，別擔心，包妳滿意。」

孫又美一個人住在離兒子家十分鐘車程的公寓。兒子常問她要不要搬去和他們同住，她說等她老得走不動了再說。她想想自己大概不會孤老以終，兒子和中哥哥都說會照顧她一輩子。為什麼大家都覺得她需要被照顧，當年爸爸也老是對她不放心。

◆

「小美，妳願不願意嫁給妳中哥哥？」

「爸，不要亂開玩笑！」

「誰說我在開玩笑，妳願意爸爸就給妳做個媒，有小中照顧妳一輩子，爸爸也放心了！」

從小孫又美就崇拜程達中，情竇初開後更把他當作白馬王子放在心裡。

大學時他常帶她出去看電影、吃飯、或其他什麼活動，他們都玩得很愉快。他清楚她的喜好，挑她喜歡的電影，選她愛吃的菜，送她的禮物也中她的意。大學同學常看到程達中來找她，問她是不是她的男朋友，她不置可否，雖然心裡想承認。有時候甚至有人直接對她說，「妳男朋友好帥啊！」她的心立刻像灌滿了蜜糖，只是外表還是要作作姿態，違心地說，「不是男朋友啦！我哪配得上！」

◆

「小中，妳願不願意當我的女婿？」過年其間趁著家裡就他兩人，孫大海像是不經意地說著。這幾個字卻像閃電鳴雷，轟得程達中一時說不出話。

「你不要不好意思，你說過你沒有女朋友，我看你和小美也挺合得來的，如果……」

「叔叔，我一向把小美當妹妹看待，再說小美一定可以嫁給比我好的丈夫……」程達中回過神來，急切地說。

「小美能嫁給你，是她上輩子修來的福氣。夫妻感情結婚後再慢慢培養，那不是什麼大問題，就只怕你看不上小美，嫌她不夠好，以你的條件小美實在算是高攀。唉！我就一個女兒，就想幫她找個好丈夫！當然我不勉強你，還是由你決定。」

「叔叔，我怎麼會嫌小美，我……」看著孫大海殷切的眼神，程達中說不出拒絕的話。

他對孫家的感情是超越自己的生命的，如果他能不皺眉頭為他們赴湯蹈火，他怎能為娶孫又美這件事說不，而且他也無法說出拒絕的理由。

「我……我沒意見，就由叔叔作主吧！」

◆

孫大海與高采烈在程達中出國前讓他們先訂婚，等孫又美大學畢業後再辦喜事。

◆

已是未婚夫妻，寫信還是客客氣氣的，也不外是報告自己生活起居，四季變化和學業狀況。孫又美收藏著每封信，反覆展讀，但怎麼也找不出一句情話；心想中哥哥一向嚴肅拘謹，怎會好意思寫些肉麻的話，只要知道他記掛著自己就行了。既然程達中的信總是四平八穩的，孫又美也不好意思寫得太露骨。後來只有在信尾加上「想你」兩字，而程達中則加上「非常想念你們」六個字。

程達中出國第二年，向本剛也轉到他附近的學校，車程約兩小時。孫又美知道他們常見面，因為程達中信裡常提到他。原本孫又美對學校課業總漫不經心，只求過關，但大三開始她突然埋首書本，一心想有個好成績。她告訴孫大海畢業後她也想出國深造。

「中哥哥以後是個博士，他的太太好歹也該是個碩士吧！」她說。

「對！對！小美，妳用功念書，等妳大學畢業，結了婚，和小中一起在國外深造！沒想到把妳嫁給小中，人也變聰明了！」孫大海不勝得意。

◆

新婚夜，程達中醉倒在他們的洞房，酒量本來就不好，他有意把自己灌醉。

他們的洞房設在宴客的酒店，孫大海為他們訂了五晚，之後兩人就一起赴美繼續學業，孫又美申請到離程達中住處不遠的一所規模較小的學校。

孫大海一直說，小美生來就是福相，一切都順利圓滿，就像她圓圓的臉。

第二天晚上，孫又美把自己仔仔細細梳洗打扮一番，還特別抹了淡淡的香水。從浴室出來，她看到程達中站在窗邊，手上握著酒店提供的小瓶酒。窗外閃閃的霓虹燈光打在他身上，像螢幕上影像，似幻似真，孫又美感到飄飄然，她真成了中哥哥的新娘。

「中哥哥，你中午還說昨晚喝酒喝得頭疼，怎麼現在又在喝了？」

「嗯！喝一點而已！他舉起小酒瓶，似乎想證明這是微不足道的份量。喜酒，結婚不就是要喝酒嗎！」

孫又美看得出來他是在故作輕鬆，她把酒瓶放在桌上，握著程達中的手說，

「你怕和我上床，想借酒壯膽？你後悔和我結婚了嗎？」

自從訂婚後，孫又美似乎不知不覺滋生了女人特有的敏感和細膩的心思。

「小美，我是怕妳後悔嫁給我，我怕耽誤了妳……，再說，我一直把妳當妹妹，一時還轉不過來要怎麼對待妳……」

「原來如此，嗯！你喜歡木雕，難怪人也木木的，我現在是你太太，當然用對太太的方式對待我呀！」

孫又美把程達中的雙手環到自己背後，她自己環抱著程達中，臉緊緊貼在他胸口。

「中哥哥，你知道嗎？我一直夢想當你的新娘，我愛你！」

「小美……」孫又美可以清楚聽到他急促的心跳，她抬起頭看著欲言又止的程達中。

「中哥哥，你不必勉強，我知道目前你還說不出你愛我，我也不想聽你說謊，但是我願意等，我會盡全力做個好妻子，讓你愛我。」孫又美滿臉柔情，語氣堅定地說。

「小美……，我……」

「我們已經是夫妻了！但是我們也不必急著成為真正的夫妻，你懂我的意思……不單是你，我自己也需要點時間做心理上的調適，讓我們慢慢來，你說好不好？」

「小美，謝謝妳……」

「好！我們現在開始談戀愛，你該親我一下！」

程達中笑著在她額頭輕輕吻了一下。

「唉呀！怎麼還是輕描淡寫像長兄對小妹！」

「妳不是說慢慢來嗎？」

「好吧！好吧！不逼你！」

躺在床上，孫又美緊緊握著程達中的手，滔滔敘述這些年埋在心裡的情思。講完後無限滿足地沉沉入睡，看著孫又美帶著微笑的面孔，程達中忍不住發出一聲嘆息！

◆

程達中永遠忘不了六歲那年，他被人從學校接到醫院，不認識的大人一直說要讓他看爸爸最後一面。爸爸躺在床上，慘白的臉上沒有任何表情。他看過一眼後，醫院裡的人就用白床單把爸爸整個臉蓋住，然後要推到什麼地方去。

「爸爸，爸爸，我要爸爸！」他開始大聲喊叫。

「可憐的孩子，你爸爸死了！去另外一個世界了！你懂嗎？」他聽到有人這麼說。

他了解死亡的定義，那就是再也看不到他的爸爸，就像他媽媽一樣，永遠在他生命裡消失。他不可抑止地嚎啕大哭，直到孫大海出現，把哭得幾乎沒聲音的他接回家。

孫大海給了他一個完整的家，有爸爸媽媽還有一個妹妹。他們完全沒把他當外人，甚至比對孫又美還慷慨周到，他們不要他有絲毫寄人籬下的感覺。每次家裡吃雞的時候，孫太太總把雞腿分給他們兩人，然後把兩隻翅膀也堆到他的碗裡。有時候孫又美會抗議：「媽偏心，我也要吃翅膀。」孫太太故意斂起臉說，「別搗蛋！妳明明不愛吃雞皮，你中哥哥是男孩子要吃多點才長得壯。」

這世界上只有向本剛和孫家三人在他心上佔了同等分量。如果孫家是他航行海洋的船，那麼向本剛就是他的燈塔。

和向本剛初中就在同一學校，但不同班；高中從高二同班，到了高三他們像兩塊正反兩極的吸鐵石尋著方向逐漸靠攏在一起。

大學時他們已經如情侶般同居一處，別人只知他們是室友，關了房門他們自有別人不理解不認同的另一天地。他們努力求學，計畫一同出國深造，他們知道留在台灣不可能有屬於他們的未來。

當孫大海提出要把孫又美嫁給他，他心裡明白絕對不能答應，但看著孫大海殷殷期待的神情，他的嘴像被漿糊封了，怎麼也說不出拒絕的理由。從小他就期許自己要讓孫家以他為傲，不要因他而失望難過。他不記得孫大海要求過他什麼，總是處處以他為先。

◆

「你真要和小美結婚？你想清楚了？你要隱瞞一輩子？如果將來他們發現了，你要怎麼面對？」

程達中靠在向本剛的肩頭，流著淚說，「我不知道該怎麼辦？怎麼做都有人會傷心……。」

「唉！」向本剛緊緊摟著程達中，嘆息著。他們是躲在帷幕下生存的可憐人，他們的感情是禁忌，是不能攤在陽光下的骯髒東西。

最終他說，「就走一步算一步吧！」

「那你呢？你怎麼辦？」程達中看著向本剛，「我們怎麼辦？」

「你知道我的心，不論你做什麼決定我都會支持你。」他在他唇上印上深情一吻，傳達出他內心深處的訊息。

◆

整個婚禮過程他像在演一齣不適合他演的角色，只木偶似的隨著孫大海的安排賣力演出。等一覺醒來，看到孫又美躺在他身旁，他才真正意識到必須面對他不願面對的事實。程達中不是處男，但他摸索了好一陣子，才盡了做丈夫的義務。

婚後三年孫又美懷孕了，這是她朝思暮想的事。從一開始她就感覺到程達中對性事並不熱衷，他會輕吻她的臉和唇，會輕撫她的身體，但總是處於微溫狀態。每次必定是孫又美積極主動，他才會進入她的身體。她看得出來他在努力配合，她想大概他天性如此，也就不十分在意。

有時候，他以為她睡著了，會輕輕撫著她的頭髮，然後發出一聲輕輕的嘆息；很明顯嘆息裡隱藏著心事，但她不想探究，只要能握著他的手入睡別的都不重要了。

◆

在美國五年，孫又美感到她擁有了一切。

兩年拿到碩士學位後找到一份不錯的工作，他們不必再到處打工貼補家用。程達中順利取得博士學位後，立刻在附近一家大公司謀得職位。如今兒子已滿週歲，他們也剛買了一棟花木扶疏的房子。

向本剛拿到學位後就搬到東岸上班，孫又美已一年多沒見到他；這次他來附近出差，孫又美堅持他一定要在他們的新家住一晚。從一開始她就喜歡向本剛，等相熟之後，更把他當兄長對待。向本剛性情比程達中活潑開朗得多，也十分健談，孫又美可以毫無顧忌和他談天說地。曾經她對孫大海說，「爸，我覺得中哥哥像月亮冷冷的掛在天上；向哥哥像太陽耀眼又溫暖。奇怪，他們怎會是好朋友！」

晚上，孫又美做了一桌好菜招待向本剛，三個人談得高興，不知不覺喝完一瓶紅酒。

半夜孫又美突然驚醒，她以為聽到兒子在哭；生了孩子後，她的神經似乎特別敏感，風吹草動都會驚醒。程達中不在身旁，心想大概去安撫兒子了，他總是那麼體貼，絕不會把熟睡的她叫醒。

她感到口渴，大概是多喝了酒，於是起身去廚房喝水。客房門開著，向本剛不在房裡。她聽到廚房有些聲響，心想他們大概也在找水喝；她走了進去。程達中和向本剛兩人都在廚房，但他們不在吃東西，也不在喝水，他倆緊緊抱著，嘴貼著嘴。

「你們……」孫又美驚呼一聲。

他們聽到聲音，立刻把對方推開，不知所措看著彼此，又同時望向孫又美。

「你們……」孫又美眼裡充滿了疑惑，似乎不確定自己是不是在夢裡。

「你們是……」不等她說完，他們兩人同時點了點頭。

「唉！」向本剛嘆了口氣，「小美，對不起！我現在就回旅館，讓達中慢慢和妳解釋。」他拍了拍程達中的肩膀，回房快速收了東西立刻就開車離開了。

等他們再也聽不到車聲，沉默的的兩人似乎才回過神來。

「小美……」程達中握住她的手說，「從結婚那一刻起我就開始擔心這一刻會怎樣出現，因為不論怎麼出現，我知道都會傷妳的心。我對不起妳，對不起爸媽，我……」程達中哽咽著說不下去。

孫又美低頭飲泣。「你為什麼要瞞我？」

程達中慢慢解釋了他當初的選擇和多年來他心裡的矛盾。

「每次我說去東部出差，都是騙妳的，我是去看本剛，他有意離我們遠點，選擇去東岸上班。這些年來我也被自己的謊言壓得快透不過氣，可是就是提不起勇氣告訴妳……」

「唉！」孫又美擦乾了眼淚，「你早該跟我說，我不會怪你的，壓在心裡這麼多年苦了你自己！」她一臉憐惜。

「小美，我知道妳對我的心，我愛妳，我願意做任何事讓妳快樂，但這不是情人的愛，妳懂嗎？」

孫又美點點頭。

程達中沉默了一會，然後握緊孫又美的手說，

「小美，妳和我離婚吧！妳還年輕，一定可以嫁個好丈夫……」

「你想和我離婚？」孫又美眼中透著驚慌。

「我一開始就沒資格和妳結婚，我已經耽誤妳這麼多年來，我怎麼能繼續拖著妳和我演戲……，只是，只是我不知道怎麼向爸媽解釋……，如果我傷了他們的心，我這輩子都不能原諒我自己……」

兩人都陷入沉默，不知要怎麼走下一步。靜夜裡突然傳來兩聲兒子的啼哭，又悄然無聲，想是在作夢。

「我們還有個兒子要考慮！」孫又美像是突然想起一件重要的事，快速對程達中說。

「是的，我們還有一個兒子……，這也是我的錯……，」他的音調裡充滿了苦楚。

「中哥哥，你願意繼續和我演戲嗎？」孫又美輕輕地問。

程達中困惑地看著她，等她繼續往下說。

「我的意思是，我們還是照常過日子，不用去和任何人解釋。當然你和向哥哥是自由的，你們可以繼續相愛……」

「那妳呢？」

「我想愛有很多種形式，你和向哥哥可以相愛，我也可以以我的方式愛你。你和我繼續維持婚姻關係，雖然主要目的是讓爸媽高興，但是我絕對不會覺得委屈，即使沒有真正的夫妻關係，能和你住在一個屋簷下，我就心滿意足了！」

「小美……」程達中不知該說什麼。

「真的，中哥哥，我真的不會怪你，更不會恨你，如果你願意這樣做，我會感謝你，只是要委屈向哥哥了！」

◆

程達中在書房加了張床，大部分時間他和孫又美各居一室，小部分時間為了作戲給兒子和孫大海夫婦看，他才回到主臥房；他們雖然同床而眠，但只是單單純純睡覺而已。他們是室友、是手足、是伴侶、是知己，獨獨不是情人。

後來，向本剛搬回鄰城工作，成了他們兒子的乾爸，自然也成了他們家的常客。程達中不時也會去他那過夜，每次去了回來，像是要彌補什麼似的，不但帶禮物給孫又美，做家事也特別勤快，甚至主動下廚做飯。一開始他們對自己的新角色感到有些尷尬，但到底是從小一起長大，再尷尬的事很快也化為平常。之後，孫又美還會開開程達中玩笑，看他要出門，她會追在後面說，「不行！不行！約會不能穿這樣，讓我幫你妝扮妝扮。」

孫大海夫婦習慣台灣的生活，只偶而來美短期居留。程達中一家三人則每年會回台探望。這也讓他們鬆口氣不必擔心戲會穿梆。孫大海去世後，他們把孫太太接到美國和他們同住，不過那時孫太太已經有點老人癡呆症的徵兆，後來連他倆也認不得了。

孫太太和他們一起住到去世為止，照顧一位失智的老人是很傷神又勞累的事。孫又美辭職在家全天照料，後來程達中怕孫又美太累，白天請了個幫手，晚上常常主動照顧，他甚至比孫又美還周到仔細。孫太太叫不出程達中的名字，但每次程達中幫她按摩，她總是很滿足地對他笑，又好像有些不好意思，直向他道謝。

「媽，這是我應該做的事，不用謝的！」

「你看，媽到現在還對你偏心，我幫她做事，她也沒多開心的樣子，更別說道謝了！」孫又美在一旁打趣地說。

孫太太八十一歲時因肺炎過世，那年孫又美五十六歲，程達中六十歲。

辦完喪事後不久，他們一起在收拾孫太太的遺物。孫又美抖開一件黑絲絨繡著一朵朵粉紅牡丹花的無袖旗袍。

「這是媽在我們婚禮穿的旗袍，我就只看過她穿過那一次，你記得嗎？」

不等程達中回答，她接著說，「中哥哥，我想我們的戲演完了！你搬到向哥哥那去吧！」

程達中一怔，「小美，媽才走，我們先不談這個吧！」

「不，我不能再拖著你不放，其實前幾年你就可以搬出去，反正媽也不認識我們，我很感激你這些年幫我照顧媽媽……」

「別這麼說，我做的一點事哪比得上爸媽對我的恩情……」

「你做得太多了，你甚至賠上你的愛情……」

「妳說錯了！是我害妳賠上妳的愛情……」

「你怎麼會這麼想？我得到我想要的愛情，我沒有遺憾！」

「小美，我對不起妳，我這輩子欠妳太多了！」

孫又美握著他的手說，

「不要覺得欠我什麼，你給我一個好兒子，我很滿足，真的。我更感激向哥哥把你借給我那麼久，現在我把你還給他是天經地義的事。」

◆

兒子和媳婦知道他們三人的關係後，自然感到萬分驚訝，但也深深感動而全心接受。

程達中雖然搬了出去，但是他和向本剛三天兩頭就找孫又美一起吃飯。他們也常找孫又美一起去看電影或其他的活動，有時孫又美會說，「今天電力不足，不想當電燈泡。」

她知道他們的心意，雖然現在自己一個人住，但並不感到孤獨，她不是鑽牛角尖的人，她把自己的生活安排得有滋有味。

「小美，我真心希望妳能有個老伴。」有一次程達中如是說。

「不想管我了？想把我嫁掉？」孫又美故作生氣地說。

「我怕妳寂寞……」程達中眼裡滿是愧疚。

「放心，我這人頭腦簡單，吃飽了睡，睡飽了吃，沒有寂寞問題。」孫又美拍著他的臂膀說。

◆

八點不到，市府前已擠滿了人，也難怪，今天是第一天接受同性婚姻登記，男男女女，老老少少，空氣裡充滿著歡欣氣息。

程達中和向本剛已站在約好的停車場入口處等他們，兩個即將七十的老人，頭髮雖然花白，但體態挺拔，精神飽滿，絲毫不顯老態。

「這西裝……」孫又美一眼認出程達中身上的暗藍西裝。

「是，這是屬於婚禮的西裝」他頓了一下，「但願爸爸不會怪我！」

「怎麼會，你快樂他就快樂，他一定正在天上祝福你。」

停車場旁的草地裡有幾叢盛開的蒲公英，孫又美忍不住走過去摘了幾朵，走回來把花插入程達中手中的花束裡，「中哥哥，向哥哥，祝福你們！」

需要一場雨

黃土飛揚，綠草枯焦，需要一場雨安撫大地的饑渴。

米潔需要一場雨安撫她內心的浮躁。

送了女兒去幼兒園，該去超市買菜，冰箱裡除了飲料幾乎沒其他存貨。好幾天沒開伙煮飯，總提不起勁，批薩、炸雞和中式快餐輪流吃。她看得出來丁廉在忍著不說，但心裡一定在想，每天中午已經在外面吃了一堆垃圾食物，晚上回家怎麼還沒一頓像樣的飯菜。

這幾年她學了一手好廚藝，從基本切功一路學到名師食譜，甚至自創花樣。這是她的本性，做什麼事都想做得盡善盡美。有時候丁廉吃得滿意，笑說，妳以後可以開餐廳！

米潔有很多夢想，但是開餐廳不可能列在名單之內，太吵雜、太緊張、太不羅漫蒂克。

開車去超市途中，她轉進附近一家咖啡館，想先喝杯飲料，看看書，再去買菜。

點了一杯冰咖啡，找了角落的桌子，遠離明晃晃的玻璃窗，躲開刺眼的陽光，她只想安安靜靜看看書。眼睛牢牢盯著手上的電子書，文字在平板上跳動，她認識所有的字，但怎麼也無法把整串文字代表的意義輸進腦海裡。她無奈地放下電子書，吸著冰咖啡四處打量著。

上班時間店裡客人不多，幾個銀髮族悠閒地翻看報紙，她突然懷舊起來。多久沒翻過真正的報紙和雜誌，所有她閱讀的刊物都在她桌上的薄板裡，不用折疊，不用回收，當然也不能用來墊茶杯或打蚊蟲，更不能廢物利用做成手工藝品或當包裝紙用。另外有幾個女人正嘻笑地談論著什麼，她想起她自己的女朋友們。婚前幾個單身女人也不定時的聚會聊天；婚後，單身的和已婚的分成兩個圈圈；等有了孩子，又和沒孩子的畫了新的組合；再後來，事業有成的和閒賦在家又分了出去。一個個個體戶又得重新尋找自己歸屬，不都說人類是屬於群居動物？不管是好的讚美或壞的批判，總比沒有好，人最怕被遺忘、被忽視。但是她始終提不起勁尋找新的小圈圈，事實上她自己也摸不透自己該屬哪個圈圈。全職媽媽？她並不想話題只在先生孩子和如何持家上打轉。職業婦女？她沒職業啊！別人談前景，她總不能老在過去式繞圈。

斜對面不見陽光的角落坐著一個側影很吸引人的男子，看起來三十出頭，正聚精會神地在電腦鍵盤上快速敲打著，米潔幾乎可以感應那人源源不絕的思維迫不及待的要透過指尖形諸文字。她有點羨慕他，如果她能把頭裡千旋百轉的奇思異想化成文字，她也許也能寫出不少精彩的小說。

丁廉是個思路照著羅輯走的人，對她天馬行空的虛幻世界起不了共鳴。米潔把豐沛滿溢的想像力，灌注在女兒睡前故事裡。

回到家，把三大袋菜擱在流理台上，噓了一口氣，心想，人為什麼把飲食弄得那麼繁複，馬牛羊吃吃草不都長得挺好。她從冰箱拿了瓶礦泉水坐在窗前，窗外花木無精打采地在烈日下隨著微風無奈地搖晃著。她真想給他們痛痛快快淋個澡，但是上個月開始實施限水，每星期只能給庭院花木澆兩次水。草坪已經焦黃進入休眠狀態，她想反正死不了，也不必浪費水了！

大口大口喝著冰涼的礦泉水，還是鎮不了內心的浮躁，燦亮的陽光像一片片銅片在她耳際敲打撞擊。

一個男子的側影在浮塵中若隱若現地呈現眼前。

米潔本有一份收入不錯的工作，完全可以把孩子送去昂貴的托兒所，風風火火當個時髦的職業婦女。但是她心底有個聲音對她說，當了母親就應該懂得犧牲，七情六慾都要打個折扣，一切以孩子為先。

她一心一意想當個好母親，從懷孕起她就開始研究要採取哪一種生產方式對嬰兒最有利。當然絕對不用止痛藥物，誰知道藥物會不會對胎兒有什麼不好的影響。她聽說生產是身體上所有疼痛之最，醫生說無痛分娩行之有年，不會有什麼後遺症。米潔還是不放心，堅持不用藥物。她咬緊牙關，忍受七小時錐心刺骨的陣痛才生下女兒。

產後第一次回診，填寫了一份長長的問卷調查，其中一項問她是否有傷害女兒的念頭？她啞然失笑，她為什麼要傷害吃了那麼大的苦頭生下的女兒！但是後來她的確有輕微的產後憂鬱症。

原本計畫親自哺乳，不知什麼原因，老是奶水不足，又容易乳線炎，不得已改用她很排斥的嬰兒奶粉。每次沖泡奶粉她就感到內疚，尤其在公共場所，更覺得別人在用不以為然的眼神譴責她。

我是一個失敗的母親，這樣的自我評價讓米潔情緒低落好一陣子，常常莫名地哭泣。在丁廉的堅持下，去見了心理醫生，吃了藥，才逐漸恢復正常。

任何事沒達到她的預期目標，米潔都會有嚴重的挫折感。

新聞報導連續五十天沒下雨已經破了這多雨城市的記錄。氣象成了新聞主題，記者們忙著訪問科學家關於溫室效應和污染問題。科學家不厭其煩地分析講解著。米潔仔細聽著，也隨時查看氣象預報。她需要一場雨，她感覺乾燥的空氣似乎讓她脫軌，她在失控中。

第二天，米潔送女兒去幼兒園後，立刻轉進咖啡館，那人果然在昨天的座位專心敲打鍵盤。她昨天的座位已有人，於是她選了一個他斜後方的位子，她想這樣可以更自在往他的方向打量。男子身型削瘦，自然膚色略顯蒼白，顯然不常做戶外運動。這類不屬於陽光的男人，對米潔有一股莫名的吸引力，似乎他們身上會散發某種神祕氣息；如果他們是本書，必定是本情節曲折的奇情小說，不像丁廉是本公式化的童話故事。不過丁廉有一雙厚實的肩膀，靠在上面讓人感到溫暖安穩，倒像是童話故事裡的武士。

第三天她又了去咖啡館，拉開玻璃大門，她立刻往左邊張望，果然那人坐在老地方。她也不知自己在期待什麼，只覺落實了期望，心裡有絲絲喜悅。她坐在他背後的位置，可以清楚看他揮動著雙臂，甚至可以聽到他的呼吸。

女兒每天去半天的幼兒園，米潔有半天的時間不必當媽媽的角色。事實上，她發現女兒正快速成長，不再時時刻刻想黏著她，像一個完全分裂出去的細胞，逐步成為一個獨立個體。米潔有點捨不得放手，也有些失落感。

她和丁廉討論過是不是要再生個孩子給女兒做個伴。丁廉把他們的財務狀況一一分析給她聽，如果單靠他一人的收入，就得節衣縮食，日子會過得礙手礙腳。

再說吧！先存了錢再談養孩子的事。等明年女兒上全天班，米潔也準備重新投入職場。

離開了四年，一切要重頭來過，這四年她的專業技能處於休眠狀態，就像她家的草坪，需要重新灌溉滋養。對職場上的競爭和壓力，她不由自主地起了焦慮。

男子作息似乎很規律，連續幾天米潔踏入咖啡館，都看到男子在專心敲打鍵盤。一直敲打到快十點了，才站起身來把東西收進背包裡，戴上太陽眼鏡，大步走入陽光燦爛的街道。米潔注意到男子的衣著很整齊，甚至可以說很考究，衣褲鞋襪的色調都搭配得十分諧調，會讓人多看一眼的那種裝束。

週末女兒不去幼兒園。早上吃著早餐，男子的面貌不請自來浮現在米潔眼前，她突然很想知道他週末是不是也去咖啡館報到；有了這念頭米潔再無法安靜吃她的早餐。

我去買點東西，馬上回來！她對丁廉拋句話，便匆匆出門。

男子不在咖啡館，米潔並不覺得失望，只是想落實心裡的念頭。她買了幾樣女兒和丁廉愛吃的糕點，店員大概已記得她，很熱絡和她問候。她本想順口探聽一點關於男子的事，譬如，他是不是每天來？來多久了？但話到嘴邊還是出不了口。

週末街道冷清許多，還沒中午，白花花的陽光已恣意灑在各角落。刺眼的明亮，有點招架不住，米潔從手袋裡摸出太陽眼鏡戴上。乾燥的空氣吸食著她身上的水氣，她感到腳步有點虛浮。

一個女子牽著一隻黑狗從她身旁快速跑過，米潔看到她身上的汗水，聽到她急促的呼吸聲。

為什麼要虐待自己？每次丁廉跑步回來，米潔會這樣問他。

丁廉總是上氣不接下氣地說，噢！全……全身舒暢，感覺太……太棒了！彷彿他剛做了一場愛。

妳該試試！丁廉老想拉她一起跑。米潔想，她情願坐在咖啡館，把腦海中編織的故事一頁頁敲進電腦裡。

也許是乾燥的空氣改變了她的思考方式，她突然對自己以往的選擇起了疑問。選對了科系？進對了行業？嫁對了人？該不該結婚？不可否認，有時候她非常懷念單身時的自由。像此刻她坐在車裡，但她並不想往家的方向開，但她也不知道真的想去什麼地方。

失去濕度，她的生活失去秩序，也失去了方向。脫水的靈魂輕飄飄的在空氣裡打轉。

天氣這麼好，我們出去走走吧！丁簾喜歡戶外活動，要他整天待在家裡，就像隻關在籠裡的困獸，晴朗的日子就只好隨著他到處跑。

下雨天就不同了，可以毫無內疚待在家裡，可以躺在沙發上看書，或坐在窗前看雨珠一串串在玻璃上滑落。

她記得小時候她就喜歡下雨天，因為下雨媽媽就會在家陪她，不會把她留在家而獨自出門。

那人大概是作家，米潔猜想。

她對他起了好奇心，星期一送女兒去了幼兒園，立刻去咖啡館。她開始想引起他的注意，這個想法讓自己感到驚訝。在兩性關係上，她一向屬於被動，或許是身邊一向不乏追求者。

和丁廉相識半年兩人就走進禮堂，後來米潔想是因為丁廉的積極追求還是兩人特別投緣？讓她匆促做下決定。如果再交往一斷時間她會不會有不同的選擇？

那人對周遭的人似乎毫不留心，即使眼睛偶而從電腦螢幕移開，很明顯地，他並沒有用眼睛看什麼，視而不見是他的寫照。有一次米潔坐在他正對面，幾次想迎接他的眼光，然後回報一個禮貌的微笑。但是米潔像是隱形人，他的目光直直穿過她落在某個遙遠的地方。

這天米潔買了咖啡，走到男子身旁，故意掉落一張紙巾，紙巾飛落在男子腳邊，米潔彎腰拾起，然後有意向電腦螢幕望了一眼。果然螢幕上是密密麻麻的文字，她真想知道文字裡敘述些什麼。整個過程米潔幾乎以慢動作進行，但男子連頭都沒轉一下。

米潔決定今天一定要有所行動。

依照慣例，男子於十點準時離開。米潔在男子踏出大門後，立刻起身離座。

男子顯然不是開車來的，他順著人行道一直往前走，米潔和他保持兩個街口的距離。走了十幾分鐘，男子左轉，等米潔跟上，已不見男子的蹤影。

站在路口四處張望像個迷途的孩子，米潔感到沮喪又不甘心，她也不知道為什麼一定要知道那人的行蹤，但她很堅決的要達到她的目的。

這並不是她第一次監視別人的行蹤，在她很小的時候，她曾像小貓一樣輕手輕腳遠遠跟著媽媽，看媽媽很小心的閃入一個陌生男人的家。那時候爸爸常在外地工作，後來爸爸換了工作每天定時上下班，之後媽媽不再去陌生男人那裡，不久陌生男人就搬了家，這是米潔偷聽媽媽電話知道的。這件事是米潔心中的祕密，她沒對任何人提過。

米潔在附近街道來回走著，走累了就找個地方坐坐。她不知道男子是住在附近？還是在某棟大樓上班？她耐心等待男子的身影出現在街頭，就像當年她躲在街角等媽媽回家。

不帶絲毫水氣的熱空氣像一大片粗糙的磨砂紙搓磨著她的皮膚，她感到微微的疼痛。這感覺很熟悉，當年她也是在酷暑中等媽媽。

那時候她只十歲，放暑假中，有時候吃過午飯媽媽會說要出門辦點事，要她在家睡午覺或看電視。她是個好奇心很重的孩子，有一天她突然想知道媽媽去什麼地方，於是她設下了跟蹤計畫。那天天氣非常炎熱，她也沒想到要帶壺水，閃閃躲躲跟著媽媽走了二十多分鐘，又倔強的站在街角等了一個多小時，直到看到媽媽出來，才快速飛奔回家。回到家她感到頭暈眼花，又想嘔吐。媽媽回來說她中暑了，責怪她為什麼私自跑到外面去玩。

街道上的行人逐漸多了起來，米潔像個偵探眼睛緊緊盯著過往行人。然後她注意到不少人手裡拿著食盒或提個袋子，她想原來午餐時間到了。午餐時間那人一定會出來吃午餐吧！想到這點，米潔不覺地興奮起來。興奮了片刻她突然想起一件事，看看手錶已經過了十二點，糟了！過了該接女兒的時間。米潔一陣驚慌。

半天班的幼兒園十二點放學。每天她都守在教室門口，女兒一出來就會看到她，她從沒讓女兒等她。

她拿出手機想通知學校她會晚點到，就在她匆忙過馬路的時候和一輛右轉車碰個正著。

她被救護車送進急診室，還好只是骨折，沒斷手斷腳，沒傷到內臟，沒成了植物人。

丁廉趕到醫院，問她怎麼被車撞了，她的臉貼著他的手臂，像迷途的孩子回到家，輕聲說，我不知道，我真的不知道！

丁廉撫著她的臉說，不要擔心，醫生說骨折不嚴重，不會有什麼後遺症。

丁廉一臉關切，她暗暗責怪自己怎麼還懷疑是否嫁錯了人。然後她注意到丁廉的頭髮。

你的頭髮怎麼有水？

下雨了！突然下起雨來，好在不大，一會就會停！丁廉回答。

啊！下雨啦！終於下雨了！米潔激動得幾乎要落下淚來。

她知道一切將回歸正常。

她側過頭在丁廉厚實的手上印上深深的一吻。

醬油咖哩烤肉醬

喝一大口冰涼的檸檬紅茶散去週遭的暑熱，慕雲脫下草帽對著自己的臉扇風。今年什麼都不對勁，連天氣也反常。

西雅圖難得有讓人汗流浹背的酷熱，也少見冰雪封天的苦寒。常年不是溫煦和暖，就是清冷潮濕，像聽一首曲調輕柔的鋼琴小品，或看一幅意境幽遠的水墨畫，沒有太大的起伏跌宕，或誇張的明暗對比，當然這也是她住了多年後慢慢生出的體會。

搬來那年正值暮秋時節，每天面對大片大片厚重得幾乎要墜落的灰色雲層，慕雲的心情也跟著沈落，份外想念加州的開闊藍天和明麗陽光。搬了新家除了要適應人地的陌生，還要適應天候的不同，一切都要從頭來過。為了生存人總是會想辦法去適應環境，尤其是第一代移民，凡事只能咬緊牙關，硬著頭皮往前衝。後來她聽說有人為了避免陰暗潮溼帶來的憂鬱症，還必須經常接受人工陽光的照射。慕雲想自己到底還是有幾分韌性，不但熬過來了，還越來越懂得欣賞綿綿細雨帶來的清冷幽靜。

生了老二後，慕雲決定辭職自己帶孩子，舊金山寸土寸金，只靠至德一個人的薪水，他們可能永遠無法存足買房的頭期款。從舊金山搬到西雅圖，只因為這裡更容易實現他們的美國夢。

他們的房子在當年算是座落於相當偏遠的郊區，主要道路是沒路燈的石子路。二十多年過去，馬路成了四線大道，新房子如雨後春筍矗立四處。

舊房子庭院大，有做不完的事，慕雲實在想不透美國人為什麼對綠草坪情有獨鍾，不辭勞苦的施肥澆水割剪，不容任何雜草野花參雜其中，至德曾笑說那是戀草情結。為了不讓鄰居側目，他們儘量保持前院草坪的整齊，後院有木籬圍著，別人看不到，就量力而為順其自然了！

斜對面傑佛瑞家的庭院稱冠整個社區，一年四季除了少數幾天被白雪覆蓋，蔥綠的草坪幾乎永遠維持一定的高度，看不到一根雜草。傑佛瑞的先生麥克主內，常看到他結實的身影在庭院做活。十多年前他們搬來時，介紹彼此是my partner，同性婚姻合法後，他們立刻改稱my husband，三年前還領養了一對雙胞胎女兒。慕雲由衷佩服麥克，家事一把抓，兩個女兒也養得活潑可愛。

坐在才整修好的陽台上，清風在遮陽傘下撩起她黑白夾雜的髮絲。慕雲喝著檸檬紅茶，看著眼前盛開近百朵的紫色繡球花叢，深深淺淺一球一球吐著紫色的夢，當年種下的時候可就只有一個花球。

整個庭院除了草坪和一塊菜園，所有空地不是花就是樹。她捨不得丟棄不用的舊物，更捨不得大刀闊斧修剪花樹。木籬旁的幾棵杜鵑和茶花早就枝葉交錯，互侵地盤。鳶尾花叢更是盤根錯結，密密麻麻擠在一堆。幾棵果樹枝繁葉茂，但是果子越來越小。她不是不知道花樹要經過修剪才會越長越好，只是看著一片片肥厚的葉子，一根根壯實的枝幹，她真不知道從何下手。

門鈴響了，慕雲想了想，今天並沒約訪客，大概是推銷員或傳教人。她輕手輕腳走到窗邊偷看一下，如果不是熟人就不開門，免得浪費唇舌。是陳太太，陳太太家和麥克家隔三戶，才搬來半年。自從她知道慕雲夫妻也來自台灣，就顯現出同胞的熱情，登門拜訪過好幾次。慕雲打開門，看見陳太太手上端了一盤包子。

「今天做了素菜包子，請妳吃吃看，味道還不錯！」陳太太圓圓的臉堆滿了笑容。

「哎呀！真不好意思，又拿好東西來！」慕雲接過包子，讓陳太太進屋。她已經吃過陳太太做的蘿蔔糕和炒米粉，雖然她也喜歡烹調，但現在家裡就兩口人吃飯，一些費工的料理就懶得做，為了禮上往來，上星期特地烤了一個香蕉蛋糕回送過去。

「在家閒著總要找點事做做，我兒子孫子都愛吃我做的東西。」

陳先生是某企業的主管，家境算是十分富裕，唯一的兒子來美求學定居，所以陳先生一退休就搬來美國，和兒子家只有十幾分鐘的車程。

「美國生活環境好，房子大，空氣新鮮，就是太安靜，太無聊。」這是陳太太對她新環境的評論。

慕雲早就習慣美國的簡單安靜的日子，偶而回台灣反而會對擁擠熱鬧的環境感到不適。她的根已經移植到從前定義為異鄉的土地，吸取了異鄉的雨露讓她和故鄉人有了明顯的差異。現在異鄉不再完全是異鄉，故鄉也不完全是故鄉，常常她還覺得兩者已經對換了角色。

聊到社區鄰里，陳太太說，「如果知道這個社區有同性戀我才不要住這裡！」臉上顯出鄙視的表情。

「傑佛瑞和麥克是熱心又有教養的人，尤其是麥克，幫過我很多忙。從前我先生常出差，如果正好碰到家裡有狀況，我一定先想到麥克。」

「男人和男人在一起就是不正常，我想著都覺得噁心！」

「等妳和他們熟了，就會改變妳的想法。」

「我才不要認識變態人！」陳太太的手在眼前揮了下，彷彿這些話弄髒了周圍的空氣。

慕雲不想再多說什麼，偏見不是一言兩語能轉變的。什麼是正常？什麼是不正常？對同性戀者而言，和同性結合是正常，強迫他們和異性結合才是不正常。

離四年一次的總統大選還有一年多，但處處已可以聞到濃濃的選舉氣息。在美國紅藍兩色旗幟分明，對陣辯論；在台灣更是群情激憤，藍綠兩方搖旗吶喊，聲徹雲霄。各類媒體無時無刻不追著候選人跑，耳聽目見，聊天對話免不了會加入政治話題。陳太太一扯到政治就發現和慕雲不屬同一邊。

自從陳太太知道慕雲的政治色彩，很明顯地同胞熱情立刻降溫，送來包子後，有三個多月沒上過門。有一次慕雲遛狗，遠遠看到陳太太正把垃圾桶推到車道前，陳太太向慕雲望了一眼，慕雲立刻伸手打招呼，沒想到陳太太竟然面無表情轉身向家裡走去，慕雲尷尬的把舉在半空的手放下。她微微嘆口氣，立刻讓一切雲淡風清，低頭對她的捲毛狗說，「Bobo看，那邊有隻小松鼠！」

來美國快三十年了，形形色色的人都碰到過。剛來時，碰到所謂種族歧視她會默默流淚，難過好一陣子。後來她發現歧視問題並不只存在種族之間，歧視是人類的劣根性之一，黨同伐異，有千百種理由去歧視異己。

天氣明顯變涼，樹上一片片變色的葉片無風自落，把巷道堆成一長條暖色調的卷軸。

走到巷子盡頭，印度太太卡許娜也推著垃圾桶出來，胖胖的卡許娜一臉和氣和慕雲寒暄閒聊了一會。

卡許娜一家比慕雲家晚幾年搬進這個社區，當時他們是唯一的印度家庭，近幾年社區裡增加了不少印裔，卡許娜常和另一位印度太太在社區走路，大概碰到了一位談得來的姊妹淘，能用母語聊天總是暢快些。

看到卡許娜讓慕雲想起在東岸工作的兒子的煩惱。兒子有一位印裔女友，兩人交往了一年多，慕雲看過相片，雖然皮膚黑了點，但是五官俏麗甜美，聽兒子說她不但工作能力強，而且心地非常善良。曾經慕雲暗暗希望兒子女兒都有同種族的伴侶，漸漸的她的心放寬了，只要兩人合得來，來自什麼族裔並不重要，她給他們衷心的祝福。問題出在女方父母，他們來自頗有聲望的保守家庭，女友擔心他們反對，到現在還沒向家裡透露她的戀情。慕雲插不上手，也不知如何是好。

回到家電話正響著，不知為什麼鈴聲聽起來比平常急促，慕雲趕緊跑去拿起話筒，是兒子打來的。

「媽，麥亞吃藥自殺，現在在醫院……」兒子哽咽著說。

「什麼？怎麼會？」慕雲對這沈重的消息有點招架不住。

「麥亞家裡最近幫她安排了婚事，逼她結婚，她……」兒子難過得說不下去。

「那現在情況怎麼樣？」慕雲急著問。

「我也不清楚，她的家人知道我的身分，都不和我講話！」

「你不要急，一定沒事的！」慕雲心裡也急，但也只能這樣安慰兒子。

後來，麥亞的年輕生命被搶救回來，醫生說好在發現得早，一切無礙。麥亞的父母也不再堅持為她的婚姻做主，接受她結交異族男友的事實。慕雲後來聽兒子說，他已經去麥亞家做了正式拜訪，她的父母對他十分客氣，他相信情況會越來越好。慕雲慶幸兒子的愛情沒變成羅蜜歐茱麗葉式的悲劇，也感嘆老是有自以為是的父母扼殺了子女的幸福甚至生命而不自知。

街頭巷尾開始陸陸續續出現支持某候選人或某議題的插牌。車尾也貼出各種標語表明車主的立場。從前慕雲和許多同胞一樣，對身邊的事不大在意，對遙遠的家鄉事卻瞭如指掌。後來她意識到自己既是美國公民，以美國為家，是美國的主人之一；相對於台灣，她只算是偶去拜訪的客人。既是主人理當積極參與和關心家裡的事；是客人就只能關心而不應該插足。她不再回台灣投票，開始注意美國時事和選情。

至德下班回來，皺著眉頭一言不發，慕雲看這情況就知道又是在公司碰到不愉快的事。對大部分的少數民族而言，玻璃天花板的存在是不爭的事實。慕雲自己曾在一家大企業公司工作過，深深體會到身為女性少數族裔，頭上的玻璃天花板更是堅固難破。

「怎麼啦？」慕雲挽著至德的手臂，把頭靠在他的肩膀。兩人在一起生活了三十多年，她知道怎麼安慰他。

「氣那些仗勢欺人的傢伙，什麼都不懂還要亂提意見，等別人做好了又要來搶功。」

「不氣不氣不能氣，氣壞身體沒人替！」慕雲笑著唸不久前看過兩句話。「做了這麼多年事，這種人還見得少嗎？就讓他們搶破頭吧！你有你的實力，他們也必須讓你幾分！」

「唉！就是有點不甘心！」

慕雲知道他一直有些懷才不遇的情結。至德就像很多老派的讀書人，戰戰兢兢腳踏實地的工作，只等著自己的表現受到賞識，絕對不會主動推銷自己，更不會吹虛膨脹自己。

「早知道當年真該回去？」每次至德工作受到挫折就會後悔當年沒回台灣。他有好幾個同學回去都飛黃騰達，甚至沒出國的同學也不少身居要位。

「還好你沒回去，誰知道回去了我們會變成什麼局面，我是情願和你在這當貧賤夫妻！」慕雲一面說一面幫至德泡茶。

「你那些事業有成的同學離婚和搞外遇的比例還真不低呢！」

「妳想我是那種人嗎？」至德接下慕雲遞過來的熱茶，兩人在廚房旁的小餐桌前坐下。偌大的房子，現在他們活動範圍大概就是廚房、家庭間和臥房，餐廳裡的大餐桌一年用不上幾次。窗外兩棵日本楓把整個廚房染成暖暖的紅色，連慕雲整個人都罩了一層紅光，像個喜氣洋洋的新嫁娘。

「難說，男女之情最經不起考驗，掉入泥淖就難以自拔，就身不由己！」

「妳大可放心，我這輩子大概也沒機會接受考驗，就安安分分和妳在這安家立命！」

至德說這話多少帶了幾分心虛。十幾年前有一陣子他常去大陸出差，一去就是十天半月的。大陸經濟起飛，打扮入時的女人滿眼盡是，而他這海外來的嬌客正是鶯鶯燕燕搶食的蜜糖。

至德有個同學老任在大陸經商就有個小公館，平常和小三雙宿雙飛，偶而太座從美來探視，就把小三暫時遣開。他常向至德吹噓自己瞞天過海的本事，勸至德不必對逢場作戲的事看得太認真。「人生苦短，把酒當歌啊！」那時候他們四十出頭，大概是屬於最脆弱的所謂的中年危機的年齡層。「快被時間滅頂了，趕緊捉住青春的尾巴呀！」

終於，他答應去老任的ＫＴＶ聚會，一則不願意顯得自己清高作態，二則也想見識見識。

老任不時和台商朋友去ＫＴＶ聚會，老任的小三就會邀幾位閨蜜一起湊熱鬧，當然也有台商帶自己的小三出席。

至德的歌喉不錯，年輕時也頗愛唱歌。ＫＴＶ音效奇佳，更凸顯他的渾厚音色，大家鼓掌叫好，至德立刻被這歡愉的氣氛吸引，之後只要有聚會他一定參加。

其中一位叫李薇的閨蜜似乎對至德特別親熱，常搶著合唱，又陪著聊天。至德一開始並不覺得有什麼不妥，只要自己心胸磊落，男女之間唱歌說笑也無不可。直到有一天晚上，李薇出乎意料之外來敲他酒店房門。

「我路過這裡，想到你，有沒空？一起喝杯咖啡？」李薇說話的語氣彷彿他們是相熟老友。

李薇相貌甜美，眉眼時時綻放笑意，是那種很難讓人拒絕的那一型人。

他們在酒店裡的餐廳點了咖啡和甜點，李薇非常健談，談她的成長過程，她的夢想，她對國外的憧憬，彷彿在向至德口述謀職履歷，至德饒有趣味地聽著。聊了許久，還是至德藉口次日要回美還有公事必須處理，才止住李薇滔滔不絕的話題。至德送她到大廳門口，道了別，正待轉身，李薇卻冒出一句，「我是可以不走的！」至德看著她，眼裡掛著問號。李薇對著他的眼說，「我可以留下不走。」至德心頭一震，然後故作輕鬆笑著說，「別開玩笑了，天不早了，趕緊回家吧！」說完不等李薇回應，立刻轉身回酒店。

再次去大陸出差他沒通知老任，之後他盡可能把出差的事推給別人，到現在為止已經快十年沒出差了！

「所以也不必生氣了！凡事有得有失，到了這年紀也不必再爭什麼了！」慕雲握著茶杯，看著嬝嬝上升的熱氣消失在空氣裡。

美國一向舉著民主和人權的大旗在世界各地宣揚。但這次選舉卻瀰漫著獨尊、排外、分裂的氣息，候選人在台上高呼刺激情緒的口號，和台灣的激情選舉遙遙呼應。

一大早，慕雲和至德被窗外的喧嘩聲吵醒，這在一向寧靜的社區是很不尋常的。探頭望去，不少鄰居聚在麥克家門口。他家如茵的草坪上被噴灑了一塊塊觸目的紅漆，車道上有一個很大的納粹標識張牙舞爪躺在上面。後來警察來做了筆錄，電視台也做了採訪，人來人往，喧鬧了一整個上午。

下午慕雲特別帶了蛋糕登門慰問。麥克再三致謝，說在他成長過程受過很多歧視，但近來他感到不友善的目光明顯增多。他認為是選舉挑起的仇恨情緒，對非我族類的打壓恐嚇。

之後幾天，麥克和傑佛瑞花了好大的工夫才清掉草上的紅漆，然後他們在屋前掛了一面長形彩虹旗。

今年是暖冬，春天來得早，似乎一夜之間，枝頭點上新綠，花苞也推擠而出。台灣的選舉已塵埃落定，又創造了一頁全新的歷史。美國的選舉方興未艾，候選人使出渾身解數攻擊對手，言語辛辣不留情面，每天上演一齣齣精彩肥皂劇。一向被稱為民族大融爐的美國開始有逐漸高昂的反對聲響，主張純淨唯我，雖然沒明喊白人至上，但司馬昭之心誰不明白？問題是，以不同材料結合成的建築硬要拆成單一材料，整個建築將倒塌分解。慕雲對那些似是而非的偏激言論感到不可思議，她想大概大部分的人都要嚐過痛苦後才學得教訓。

慕雲正在廚房洗菜，家裡電話響起，接了電話，電話裡傳來陳太太慌張的叫喊。

「怎麼辦？怎麼辦？我先生昏倒！我兒子他們去渡假，找不到他們……」陳太太開始哭泣。

「打九一一了嗎？」慕雲問。

「還沒啊！我不知道怎麼說……怎麼辦怎麼辦」

「別急，我幫妳打，我馬上過來！」

慕雲拿起手機，一面撥電話一面衝出門外。她經過麥克家，麥克正在前院割草，看慕雲講著電話奔跑，高聲問發生了什麼事？慕雲做手勢要他過來，麥克立刻擱下割草機，跟著慕雲跑。

陳先生躺在客廳地上，嘴唇已微微發紫，麥克立刻衝向前，很熟練的為陳先生做口對口人工呼吸。

陳太太瞪大眼睛，對著慕雲叫道，「啊！這樣會不會傳染愛滋病呀！」

慕雲無法相信此時此刻陳太太會冒出這句話，還好麥克不懂中文。她皺著眉頭對陳太太說，「麥克曾經是護士，妳放心！」

算起來陳先生的命是麥克救回來的。麥克及時做了心肺回甦術，等救護車來又做了電擊，穩住了狀況，送進醫院成功做了心臟手術。

之後，陳太太又開始往慕雲家送食物，當然還多做一份送給麥克家。每次碰到麥克的雙胞胎女兒，兩個小女孩總是異口同聲對慕雲說，「I like Chines food!」小孩沒心機，說喜歡就是打從心底喜歡，慕雲想兩個小女孩已經被中華美食征服了！

晚餐後慕雲和至德一起在社區散步是例行公事，從年輕步入初老，在這塊土地不知走了多少回。美國是他們選擇的家，他們奉獻了他們的所有，社會也回報他們別處沒有的東西。到了這年紀知道桃花源是海市蜃樓，沒有什麼地方是十全十美的，有得必有失，他們也學會了隨遇而安。

深深吸口氣，空氣裡有咖哩、醬油、孜然、烤肉醬等等味道，各種香料隨著微風聚集又飄散。如果一個國家和個人一樣有獨特的體香，這就是屬於美國的香氣，層次豐富，千變萬化，像是在做各種烹調實驗。慕雲期望這次紛擾混亂的選舉只是一個不按牌理出牌的大膽實驗，最終回復到正規理性的程序。

剛下過小雨，天邊出現一道寬長的彩虹，和麥克家門前隨風飄揚的彩虹長帶相映成趣。慕雲和至德牽著手，在暮色中漫步，猜測著某種香料是來自哪戶人家。

雞毛蒜皮之重

我很後悔，真的很後悔。

其實我這輩子後悔的事很多。譬如很小的時候去西點麵包店，媽媽只讓我挑一樣買，這麼多美麗可口的糕點，讓我不知從何選起，總在媽媽再三催促下才勉強下決定，所以每次無論我最終選了哪一樣，吃到嘴裡並沒有感到完全的滿足，我總覺得我錯過更好吃的。

如果沒有選擇應該就不會產生後悔，偏偏從小到大每天似乎都面對許多選擇。

我常想古時候的人是不是比較快樂，尤其是女孩子，從出生就按照固定的程序被撫養長大，連終身大事都被安排妥當；不必煩惱要念什麼學校，要和什麼人做朋友，要嫁什麼樣的人，沒有選擇應該等於沒有煩惱。最壞只能說認命，因為好壞由不得自己，妳不能責怪自己是咎由自取或自作自受。也許你會認為因為有了許多選擇，才能開創個人獨特的人生，掌握生命的自主性，但是很多時候在面臨選擇的時候，很多人並沒有透過冷靜的頭腦細細思考，而是意氣用事冒然做決定，於是就產生了許多不可挽回的重大錯誤，像我，老是做了許多錯誤的選擇。每次排隊買東西，十之八九我都會選到最慢的一行，也許這只能怪我運氣不好；但是我選擇了我不喜歡的行業，只因為能賺比較多的錢，代表著成功，我每天很不快樂地去上班，這又能怪誰呢？而我選擇做那件愚蠢的事，更是連我自己都無法原諒我自己。

在那件事發生後不久，我到處串門子，常聽到朋友在我的背後說我太任性、太小心眼。記得在一溫暖的春日下午，我去安麗家，她的讀書會的會友們正好在聚會，討論完莫泊桑的《溫泉鄉之戀》，照例大家隨意吃著各自帶來的點心，閒聊著，好羨慕她們，日子還是在她們的手裡悠閒舒適地過著。安麗和怡萍靠在廚房門邊小聲說著我的事，她們一定以為我聽不見，事實上我沒有遺漏她們說的任何一個字。

「我勸過她多少次了，不要老是把些雞毛蒜皮的事掛在心上，她就是要鑽牛角尖！夫妻之間怎麼可能沒有爭執，怎麼可能永遠生活在戀愛的世界裏！」安麗輕皺著眉頭，眼裡泛著淚光。

安麗和怡萍是我的好朋友，尤其是安麗，很多我不願和別人說的事都會向她說，她是個好聽眾，而且會很有條理地分析事情始末，打開我的心結，她簡直就是我的私人心理醫生。她說我是完美主義者，是屬於很可憐的族群，常常會在不知不覺中懲罰自己。我必須承認我確實常常在懲罰自己，雖然還不至於拿刀片割自己，但是花大量的精力和時間挑剔和懷疑自己的所作所為，常常弄得自己食不知味，惡夢連連。如果我學的新菜沒做成功，我會懷疑自己的能力；如果我的衣服沒有得到讚美，我會懷疑自己的眼光；如果我買東西買貴了，我會覺得自己很笨，竟然被人騙了；當然，如果他用不耐的語氣和我說話，我會懷疑他是不是不愛我了；這些都是安麗口中所謂的雞毛蒜皮的事。

我選擇發洩憤怒的方法也是最「愚蠢的」，這是安麗對我的形容詞。躲在房裡不言不語生悶氣，她說我生了半天氣，也許別人根本就不知道我在生氣。記得小時我用絕食的方法抗議老師的不公平，可把媽媽嚇壞了。起先媽媽並不清楚我為什麼拒絕吃飯，等弄清了狀況她去學校和老師溝通，老師說我太過敏感，別的孩子從來沒有抗議過。老師答應媽媽會做適當的處理，但是很明顯的，從此我成了班上的隱形人，最終還是轉學了事。

很多事情也許發生在別人身上都是雞毛蒜皮微不足道的小事，為什麼發生在我身上就變成勞師動眾，甚至驚天動地的大事？

那天如果我先打個電話給安麗，也許就不會發生那件事了，有時候我的腦筋就是無法柔軟下來轉個彎。

我當然也去看過他，他搬了新家，發生了那種事，如果是我也一定會搬家的。他當然不會知道我去看過他，而且不只一次。第一次去看他，他還沉浸在悲傷裡，頭髮也沒梳，鬍子也不刮，整個人很明顯瘦了一圈，讓我感到心疼；知道他很在乎我，又不免感到有些得意。我做那件事不就是希望他後悔，嚐到失去我的痛苦。

其實他一直很在乎我的。從戀愛開始他就容忍著我情緒化的個性，有時候明明說好去看電影，到了戲院門口，我會突然失去看電影的興致而想去郊外兜風，他也毫無怨言地順從我的改變。當我不言不語生悶氣的時候，看得出他有些手足無措地慌亂，想盡辦法想逗我開心。以一般標準而言，他是個條件不錯的伴侶，也許是他做了錯誤的選擇，娶我為妻。

事隔多年，我仍然很清楚記得事情是怎麼開始的。那是個陰雨的天氣，現在回想，也許一切都是命中注定，連天氣都把事件的背景配合得如此完美。那天雖然陰雨但是我的心情卻很好，因為那天是我們結婚三週年紀念日，正好碰上週末，幾天前我就計畫好要親自做幾樣大菜來慶祝。一向我們的慶祝活動都是在餐廳進行，但是我想在自己的家裡弄個羅曼蒂克的燭光晚餐，應該會有更親密的感覺，何況我們最近決定該生孩子了。關於生孩子也是煩惱我很久的選擇題，並不是我不喜歡小孩子，只是我一直沒把握自己會不會是個好母親。安麗說有孩子的家才算完整，免得夫妻兩人日日相對，生活會變得單調無趣，就像畫布上原本只有黃藍兩色，有了孩子就可以把這兩種色彩混和成不同的綠色調，讓婚姻生活變得豐富活潑。所以，我決定要把我們的生活重心放在家裡，營造出更多家的氣氛。

早上他說還有些工作沒做完，必須去公司幾個小時。他是個非常敬業的人，而且有點傾向工作狂，週末去上班是常有的事。事實上，我自己也常週末加班，雖然我不喜歡我的工作，但是既然做了我就會要求自己有好的表現。所以平常他說要去加班，我都不會感到意外或不高興，只是今天是個特別日子，我心底暗自希望他能把重心放在我身上。

本來計畫和他一起去買菜的，只好一個人去了。這突出的狀況雖然改變了原先計畫，倒也沒影響到我的好興致，心想他不知道我準備做什麼菜，更可以給他一個驚喜。

買完菜在停車場倒車的時候，居然被一個魯莽的傢伙撞上了，他的車頭有保護套所以車子毫髮無傷，我的車子的左後尾端就明顯有些凹陷。那傢伙跳下車很生氣地說，「妳會不會開車，看到來車也不知道停下來！」其實我已經退出大半車身，照理說，他應該停下讓我先行。他看一眼自己車子完好無傷，不再和我理論，臨走前還給我一個髒手指。被搶白一頓，還招到污辱，我感到萬分委屈，早上的好心情明顯打了折扣。

中午的時候他打電話回來說事情還沒做完，要我自己吃午餐。本來說好一起在外面吃個簡單午餐的，怎麼又有了變化。我失去了味口，隨便吃了一片土司和一個蘋果。看著廚房料理檯上還沒處理的食材，我開始有些意興闌珊。但是我強迫自己打起精神，我不要被壞情緒破壞一個特別的日子，一切還是要按原定計畫進行。

我放上音樂，開始動手準備晚餐的大菜，先燉湯，再把紅燒排骨做好，這些是比較費時的菜。在燜排骨的時候，我去書房上網瀏覽，等我聞到焦味衝進廚房的時候，已經無法挽回燒焦的排骨。我一面責怪自己的粗心大意，一面把排骨丟進垃圾桶。少了一道菜其實並沒有什麼關係，但是紅燒排骨是他最喜歡的菜，是今晚的主菜。雖然外面雨勢不小，我還是決定再跑一趟超市，重新做一次。這一次我不敢離開廚房，終於做出一盤色香味俱全的紅燒排骨，我可以想像他吃排骨時的滿足表情。

整個下午我都在廚房忙著，等菜大致弄好了，我開始布置餐桌。上星期，我特地為今天的晚餐買了一張漂亮的桌巾和一套別致的餐盤。放上兩個燭台，再把花瓶裝了水放在桌上，我知道他一定會帶束花回來的，因為一向如此。

下午五點他終於回來了，卻是兩手空空地進門，我立刻感到有些失望。他看到餐桌的花瓶，如夢初醒地說，「噢，對不起，我忘了！」我還能說什麼呢？只有拿起花瓶把水倒了。雖然我盡全力抗拒，但是，從早晨開始，我的好心情像從一張雪白柔美的宣紙，被無從拒絕的黑墨一遍又一遍潑染著。

晚餐終於擺上桌，我把燈光調暗，點上蠟燭，才剛坐定，電話響了。是婆婆打來的，說浴室的燈泡壞了，要他過去幫忙換一下。

「我過去幫媽換下燈泡，換完就回來！」去婆婆家車程大約十分鐘，以他的習慣一定會留下和婆婆聊聊天，這樣一折騰一定會耗去一小時。

「我們先吃飯吧！吃完你再去，不然等你回來菜都涼了！」

「還是先去吧！回來可以慢慢吃，免得囫圇吞棗辜負了妳的好菜。」

「你還是可以慢慢吃啊！也不過是換個燈泡，晚點去有什麼關係！」

「不好！浴室沒燈，黑漆漆的，太危險！萬一摔跤怎麼辦？」可以聽出他的語氣開始有些不耐與強硬。

他是個很孝順的兒子，在平常我會覺得那是很好的品德，但是今天我卻覺得自己成了遭受不平待遇的小媳婦。

「有那麼嚴重嗎？你心裡就只有你媽，你怎麼不考慮我的感受？」一整天積壓的不快和委屈開始在我心裡沸騰，我提高了聲音。

他有些驚訝我的反應，皺起眉頭說，「我累了一天，請妳不要再煩我了好不好！」他拿起車鑰匙，不願再多跟我說什麼，重重關上門，把我一個人拋在家裡，面對一桌我精心設計，慶祝我們結婚三週年的菜餚。

我所有的努力卻比不上一個燒壞的電燈泡，就這樣，我被一個電燈泡打倒了！

望著桌上搖晃的燭光，一室清冷，我那亮如白紙的心情完完全全沉浸在漆黑不見五指的濃墨裡。

室內飄著濃濃的菜香，我突然感到無盡的孤單與悲傷。「不要再煩我了」這幾個字在我腦裡迅速膨脹擴大，我的心也開始發燙發熱，然後變成一個火把，把我深藏的黑暗思想和負面情緒都燃燒起來，為了想讓他為這句話付出代價，我選擇了最愚蠢的表態方式，像一長串的鞭炮點上了引子，一個一個鞭炮開始快速炸開，我無法阻止，只有眼睜睜地等待終結的巨響，我跑到我們的六樓公寓陽台，毫不考慮跳了下去，轟然一聲，我的身體像個飽滿的西瓜砸在堅硬的水泥地上，在落地前的那一刻我很後悔，非常非常的後悔。

今天是我最後一次回顧我過去的一生，我將永遠消失在現今的時空。早上我先去探望安麗，她又生了一個孩子，一家五口看起來很快樂，安麗是個天生的賢妻良母，我很羨慕她，也祝福她有個美滿的人生。

然後我又去和他道別，他已經再婚，妻子只是一個貌不出眾的平凡女人，倒是有一個可愛的女兒。我並不恨他，因為並不是他的錯，我只是被雞毛蒜皮壓倒了。時間可以治療一切，他神采奕奕面對他新的人生，我不知道我在他心裡還佔據了多少空間，當然那已經不重要了。如果他能聽到我，我想對他說我感到非常對不起他，本來屬於我們該有的人生，卻被我愚蠢的選擇毀滅了，而且曾經給他帶來極大的痛苦。

這些年我一直不能接受這個事實，為什麼我會做出那麼愚蠢的事？我四處遊蕩試圖尋找答案，雖然至今我沒有完全找到答案，但是我接受了事實，我終於願意踏入下一個旅程。

現在我站在我生命的終點處，風霜雨露早已把我的血跡刷洗得不留任何痕跡，人們毫不經意地在那塊地上行走往來，忙著經營他們的人生。

再見了，我的過去！

鏡子

她翻看著百貨公司大減價的廣告，折扣真的很誘人，好久沒去那家公司了，不知道鏡子換了沒？實在不喜歡那家公司的鏡子。做生意的不就是要討顧客歡心嗎？怎麼對鏡子那麼重要的東西竟然漫不經心，難道他們的老闆都不照鏡子？那些鏡子簡直就是照妖鏡，身材變得臃腫不說，連臉色都顯得黯淡無光，一照之下，所有購物慾都煙消雲散。

鏡子乾坤大，那也是她前幾年才發現的祕密。那次是去一個並不很熟的朋友家作客，用她家洗手間的時候，被牆上那面鏡子吸引了老半天都捨不得出去。鏡子裏的自己似乎年輕許多，看不到細細的皺紋，連下垂的眼袋也若隱若現，不再那麼張牙舞爪。難怪那個朋友老是眉開眼笑的，望著鏡中影像，她的嘴角也不覺地往上翹，眼睛也顯出了光彩。

她開始仔細研究鏡子中隱藏的奧秘，發現每面鏡子反映出的面貌真是不盡相同。仿照泰國餐廳以星星多寡來決定辣度，對鏡子的滿意度，她也以零到五顆星來區別；對那些能抹平臉上的刻痕，甚至能重塑臉型的鏡子，她給予五顆星的評價；對那些像放大鏡，把臉上的細紋放大到讓她觸目驚心的鏡子，她當然一顆星也不給，就像那家百貨公司的鏡子。所以商店能否賺到她的錢，完全取決於店中的鏡子。

可想而知，她家的鏡子都換成五星級的了。眼見為憑，大概只有直接透入眼球裏的影像才是最真實的。鏡子裏的自己是平面的，和三度空間裏立體的自己一定有所不同。那些藝人們一天到晚喊著減肥，就因為螢幕顯肥，怕不好看；所以螢幕下真實的他們，各個像營養不良的紙片人，失去了螢幕上恰到好處的豐腴美感。但是螢幕裏的虛像要比自己的實體來得重要，只好犧牲實體了。她不是藝人，她只能在乎鏡子裏的自己，至於投入別人眼裡的自己是何種形貌，她無從知曉，也就不去探究了。她皮包裏有一個精美的鏡盒子，當然那是五星級的鏡子，她不時拿出來檢視自己，補妝整髮，保持最佳狀態。

她想既然無法從自己的眼睛直接看到自己的真實模樣，也不知道知投入別人眼裡的自己是何種形貌，就只能認同鏡子了，那為什麼不善待自己的眼睛，看最美麗的自己？有一段日子她非常不願意照鏡子，面對著鏡子裏那張曾經讓自己引以為傲的面容——她所有自信的源頭，逐漸被歲月的流沙弄得渾濁失色，她有些不知所措。曾想到整容，但是對醫院莫名的恐懼和不信任，加上看過一些整容失敗的例子，讓她遲遲下不了決心。現在好了，鏡子幫她解決了難題。

她在家中客廳擺了三隻木雕猴子，一隻雙手摀著眼、一隻摀著嘴、一隻摀著耳，她知道一般人用牠們的形像象徵著：非禮勿視、非禮勿言、非禮勿聽。對她而言，卻有另一番啟示：不想看的不看、不該說的不說、不想聽的不聽，出發點不在「禮」，而在她自己。她的生活哲學早在擁有這三隻猴子前就開始施行，她想，那是三隻聰明的猴子，而自己則是個聰明的女人。

小時候，在一牆之隔的房間裏，不時會聽到爸爸的咒罵聲、撞擊拍打聲和媽媽咽咽飲泣聲，她會用雙手用力摀住耳朵，然後大聲唸課文。

第二天媽媽看到她，神情顯得尷尬，而且儘量迴避她的眼睛，其實媽媽臉上的瘀青在她的眼裏是不存在的，因為她選擇不看，於是那些瘀青像溶入水裏的墨，逐漸稀釋進媽媽的皮膚裏。她若無其事的問媽媽早餐吃什麼？絕口不提昨晚聽到的戰事。

在她上大學時，爸爸去世了，有一天媽媽突然問她：妳知道妳爸怎麼對待我，妳怎麼從來不問我？也不表示什麼？她回答，因為我不知道妳是不是希望我知道。她說的是真心話。

如果媽媽沒有在她面前哭訴抱怨，就表示並不想把她扯入他們的戰事，既然如此，她就必須讓所有戰事的證據在她眼前消失。

她的心中有個無形的盒子，專門收集祕密。在日後的成長過程中，她成了祕密收藏者，朋友常對她說：告訴妳一個祕密，知道妳不會告訴別人的！倒也不是她有更高的道德感，只是「不說」對她而言並不是件難事。當然，很多祕密還是會從其他的出口散播出去，那就不關她的事了。她知道大部分的人是無法守住祕密的，祕密像個發酵的麵團，放在身體裡會一天天的膨脹，膨脹到身體無法承受的時候，就必須做個處置，最好的處置方法就是分一部分給別人，於是祕密就像老鼠會一樣，快速流傳出去，所以她從來不告訴別人任何的祕密。

不久前，她在她先生的桌上看到幾張他和別的女人攬腰摟肩的親密合照，女人年輕美麗，他一臉笑意，是發自內心的得意。不知他是否有意要讓她看到，就像有些罪犯久久沒被識破，忍不住自暴線索，也許出於良心不安，也許要以自己犯罪手法自豪。至於她先生是什麼心態，她不想知道，看完相片她不動聲色放回原位。其實她根本不需要這麼大的線索來判案，早在一開始她就從一些蛛絲馬跡裏推出狀況。最早是一張收據，顯示買了一只價值不菲的名牌包。其實更早於在實質證據出現之前，他的身體語言已經向她透露了許多訊息，譬如沒來由的他的嘴角會勾出一抹微笑，身上古龍水灑得強烈而刺鼻，對著鏡子仔細梳理他逐漸稀少的頭髮；只是她選擇不說，她不願當個失婚的女人，更不願當年看衰她婚姻的人說，就知道她的結局一定如此。

事實上對外遇這件事她早有心理準備，就像消防隊員平日做過無數的演練，一旦火災發生了，可以從容不迫地去救火。在她收集祕密的盒子裡裝了很多不忠先生的檔案，不忠幾乎成了婚姻中的必然配件。她一直在等待這件事發生在她身上，唯一不能預測的是時間的早晚。

曾經她也是屬於年輕美麗的女人，也因為她的美貌，大學畢業後，直接就從校園走入家庭。有人羨慕她，說她飛上枝頭變鳳凰，不必在職場受氣；有人妒嫉她，說她高攀了，門不當戶不對。她不管別人怎麼說，她很慶幸自己早早有了一個自己的家，只想好好經營自己的一方天地，她從來就不是有什麼野心的人。但是很快她就有了認知，她的家只是大家庭裏的一個小分支，是不能獨立作業的小單位。好在她低調又不多言的性情，讓她在大家庭裏站穩了腳步。她像一個不起眼的偵探，隨時觀察周遭動態，記錄紛爭的來龍去脈，然後把自己放在最安全的地帶，遠離所有的風暴圈；像她婆婆常懷疑媳婦們私帶婆家東西回娘家，所以她很少回娘家，偶而回去，回來也會帶些好東西，說是娘家送的。

大家常說，先生有外遇，太太一定是最後一個知道的。想必她那些朋友也早就聽到一些風吹草動，在言談中總想給她點暗示，這是關於她本身的祕密，她們不能像以往很輕鬆的對她說：告訴妳一個祕密！她知道沒人願意當揭發祕密的惡人，卻又非常想看到祕密被揭開後的場面。偏偏對於她不想說的話題，她可以顧左右而言他或一路裝傻到底。她可以感受到她朋友們的挫折感，有些直腸子的，話已經在嘴裏塞得滿滿的，似乎隨時要對她大吼一聲：妳的老公有外遇了！妳這後知後覺的女人！

昨天她的幾個並不算很熟的朋友約她今天吃下午茶，說好久沒見面了，想要敘敘舊。其實和她們並沒什麼舊事可敘的，還不是說說別人的八卦。明天她們想說的八卦主角一定是她，她知道她們一定有了什麼關於她先生的最新消息，迫不及待想看她的反應，不願錯過任何好戲。

為什麼一定要弄得天下大亂呢？如果她抱定不離婚，何必撕破表皮，探視肌肉裏的真相？癒合的傷口總會留下礙眼的疤痕，何況她並不想知道什麼真相，如此一來，所有關於她先生外遇的話題都變成多餘且無關緊要。對她來講，只要拒絕不想看的東西，日子就會平平靜靜地過下去，再簡單不過。她知道又要讓她的朋友們失望了。

她一直翻看著廣告，折扣實在太誘人！她決定在赴約之前先去那家百貨公司血拼一番，只要不試穿、不看鏡子，先買回家，不適合的再拿回去退掉，也不過多跑一趟罷了！

牛排與紅酒

她承認今晚和他有個美好的晚餐。

他選擇了一家很有情調的餐廳，柔和的燈光配著婉轉的薩克斯風。

他為她點了一客高檔的牛排和一杯價格不菲的紅酒。

雖然是第一次約會，他滔滔不絕談論著自己從小到大的得意事蹟。

他似乎並不在意她的想法，每當她想談些她感興趣的話題，很快地就被他打斷，繼續他的演說。

他告訴她為什麼Dry-aged的牛排特別肥腴軟嫩，不同年份和產地釀造出的紅酒風味是如何的不同，他說上好的牛排和香醇的紅酒是舉世無雙的最佳搭檔。

晚餐結束時，她對他幾乎瞭如指掌，也懂了如何選擇牛排和紅酒。

她享受了一頓前所未有的美食經驗，她的味覺達到至高的滿足，唯一讓她遺憾的是，如果他是一塊牛排，而她卻不是一瓶紅酒。

她拒絕了他再次的邀約。

美妻

他是個很有品味的男人。

在穿著方面，他絕對不會像有些男人在西裝褲下露出一對刺眼的白色球襪。他不講究名牌，但是對整體的搭配是不容混淆的。

在住的方面，他也不會像大部分男人那般邋遢雜亂，他的家總是保持著像樣品屋的擺式。

視覺美感的追求是他生活哲學的重要部分，人的一生睜開眼睛的時間比閉上的時候多，不是嗎？在擇偶上，他當然不願意只著重所謂的內在美。果然，憑著他本身的條件，娶了一位萬中一選、才貌雙全的美女，不但擁有黃金比率的身材，五官更只能用精雕細琢來形容，介紹他美麗的妻子是他最大的驕傲。

對於他們即將出世的孩子，他是抱著面對藝術精品的心情在期待。但是，事情的演變卻完全超出他的想像。

當護士把一個國字臉、寬扁鼻子的嬰兒放在他手上，他第一個反應是，抱錯了！但是一旁遠道而來的岳母卻喜孜孜地說，小貝比跟她媽媽小時候一模一樣。細看岳母，豈不有著類似的臉龐！

他終於明白為什麼他美麗的妻子曾告訴他，她學生時代的相片被一場大火全都燒光了。

一隻襪子

在烘乾機裏撈出一隻不屬於他的襪子，雖然都是黑色，但是她確定這隻花紋不同。他的襪子都是她買的，衣服也是她負責清洗，她深信她認得他所有的襪子。

他們是一對璧人，結婚照都曾被照相館拿來做廣告。總有人羨慕他娶到貌美嬌妻，事實上從一開始，就是她的愛流向他，他不冷不熱、若即若離的態度，挑戰著她的自信，非他不嫁。

把所有衣物摺疊好後，面對著兩隻落單的襪子，似乎暗示著她和他的關係，乍看是一對，實際上卻另有相屬，淚水開始滑落她的面頰，她知道是她棄甲認降的時候了。

雙人腳踏車

趁著天氣好，她決定弄個「車庫拍賣」。太多從前精挑細選、愛不釋手東西，現在都成了累贅礙眼的廢物。

上星期簽妥了離婚協議書，兩人都不想接收這棟房子，清理好了就上市出售。

一對年輕男女手牽手走來，看得出是一對剛建立家庭的小夫妻。他們在一輛雙人腳踏車前議論著。那輛腳踏車似乎沒騎過幾次，看起來還像新的一樣。她望向那輛車，懷疑自己為何不早處理掉，而任其佔據車庫一大片空間。那是需要兩人同心協力共同操作的東西，一人不合作，就完全失去它存在的價值。

「可不可以便宜一點？」他們面帶靦腆地跟她討價還價。

看著他們青春燦爛的面容，她說，「免費送給你們！」

「真的？」

「真的！只有一個附加條件，」她以玩笑的口吻說，「你們必須永遠一起騎，騎到頭髮白了，再也騎不動為止。」

「那太容易了！我們會永遠永遠一起騎，騎到天涯海角！」

她的心抽了一下，當初買車時，有個人不也曾對她說過類似的話嗎？

一束乾燥花

沒想到乾燥花還會繼續褪色，她以為雖然不能保留生命存在時候的明艷燦爛，至少會停留在僵硬後的那一剎那。

他每天早出晚歸，很明顯是想儘量減少和她碰面的時間，常常打電話回來要她先吃晚餐，不要等他。她知道他想避免無言的晚餐，或是比無言晚餐更糟，要像對待陌生人般，硬要找些言不及義的話題打破沉默的尷尬。

在知道他有外遇後，他請求原諒，她更不願當個失婚的女人，二十年的婚姻就因為一個陌生女子的介入，以往的濃情蜜意就化為一灘無色無味的清水，而逐漸被蒸發消逝？她不甘心。

但是他們都不是好演員，偽裝不出一切不曾發生的美好假象。日子像塗上一層墨越來越渾濁不清，每天只是混著日出日落。

美麗磁瓶裡的乾燥花是多年前她生日時他送的，一打半的紅玫瑰配上滿天星，唯一的一次浪漫。

她捨不得把代表愛情的花朵丟棄，在凋謝前她學會了製作乾燥花，想把這份浪漫保留至永恆。現在她明白她的一片心機完全是一廂情願，失去了生命就是死亡，有無具體軀殼的存在，都無法改變死亡的事實。當愛情逝去，婚姻就步入死亡，她知道她再也無法強求什麼。

手電筒

窗外風勢漸大，忽明忽暗的燈光像臨終病人在做最後的掙扎，終於在快速的幾個喘息後，室內一片黑暗。

她摸黑走進廚房，打開抽屜尋找蠟燭和手電筒。

前年風季，也是停電的夜晚，他敲門帶來蠟燭和一個設計新潮的手電筒。

「這種手電筒不需要電池，只要放在接座充電就行了！」

她摸到手電筒，推一下開關，卻不見一瀉光明流出。從前年到今年她不曾充電過，剩下的電流早已一絲絲地消逝無蹤。

沒有電的手電筒只是房裡的一個裝飾品，失去感情的戀人只能成為記憶中的背景。

她點上蠟燭，微微燭光把她孤獨的身影貼在牆上輕微晃動著，像是在無聲地抽泣。

方向

車裏只有收音機裏傳出來的音樂和主持人偶爾加入的話語。她把視線放在右方，他直直地盯著前方。距離前面叉路已有三十分鐘的車程，他們不曾交談一句。

她說右轉是捷徑，他說左轉不塞車。

「你就愛唱反調！」「妳就愛干涉我的選擇！」

當他們的音量逐漸升高，煙硝味開始從他們的身體釋放出來。她立刻跳出戰場，改以噤聲相對。就聲量和言詞，她知道非他敵手，報以沉默是她唯一的武器。

如果結婚是因為有共同的理想、一致的目標，為什麼如今卻老為方向而爭，他怪她選擇出國，她怪他老換工作，他希望她當全職主婦，她期待他分擔教養工作。他們眼中的人生方向，由不同的角度望去，相距越來越遠，難道一開始他們就誤認了彼此的方向？

車內的空氣隨著言語的消失開始凍結，她感到背脊微微發顫。凝結的空氣似乎產生了霧氣，模糊了他們的視線，他們看不清前方的路通往何處。

候診室

在婦產科的候診室裡，有幾個女人在等待，其中兩個正低著頭填寫表格。她們握筆的手似乎都很沉重，一筆一筆地勾畫著，偶而抬頭，若有所思的眼神透露著焦慮和憂傷。

年紀較長的女人在回答「是否進入更年期」的問題時，選擇「是的」，然後填上一年前的日期。在填寫乳房檢查的問題時，她填上「發現異常腫塊」，這也是她今天來的這裡的原由。在尚未證實什麼之前，她沒跟任何人提起，把所有的憂慮恐懼埋在自己心底。

前幾天看電視，某名女人在先生的觸摸下，發現一個小小的腫瘤，還好檢驗結果是良性的，虛驚一場，名女人笑著呼籲天下先生們要多盡義務。她想著自己那一對失寵的乳房，像一雙過時的舊鞋掛在鞋架角落，乏人青睞。電視裡不斷傳出「關心自己」「愛自己」之類的字眼，字字敲打著她閉鎖的心門。她知道不可能期待她的先生為她盡義務，她的身體早已回歸於她自己。於是，她舉起右手，用左手細細觸摸右邊乳房。

年紀較輕的女人在回答「是否懷孕」的問題時，她填上「是的」，兩個多月來她自己驗過了三次，不會有錯的。今天來的目的，是想做超音波檢查，看看肚中跳動的生命。他說早告訴過她，他已經有兩個孩子，不想再生了，責怪她為什麼沒做好避孕，堅持要她拿掉。

她不自覺地把手放在肚子上，對大多數女人而言，這應該是喜悅的時刻。和他在一起三年多了，他說為了孩子不願拆散原來的家，本來她以為自己並不在意什麼名份，她甚至連他元配的面貌都無意探究。當然，沒有一個具體的女人形象呈在眼前，她可以輕易偽裝對方的不存在，那個深藏心底不願見天日的罪惡感似乎也可以減少份量。但是她逐漸發現，刻意的灑脫並無法埋沒女人築巢的本性，她越來越想有個完整的家，也許這次懷孕根本就是潛意識裡有意造出的意外。他不愛他的元配，卻極力呵護她的孩子；他愛她，卻不要她的孩子。那是他的遊戲規則，她再問自己一遍，非要遵守他的規則不可嗎？

在緊急聯絡人那一欄裡，她們填寫著同一個男人的名字和相同的手機號碼。

舊巢

她帶客戶去看一棟剛上市的房子，推開大門，她感覺自己的心跳在加速。她有些心不在焉，不過介紹這棟房子她不需要看資料，甚至不需要透過她的大腦。

整棟房子呈現淡紫色調，和她身上的套裝同一色系，幾乎可以把她淹沒在身後的紫花壁紙中。

他們進入樓上主臥房，空氣中散發出淡淡的古龍水香味，現在是早上十點，顯然男主人不久前才出門上班。這香味是她熟悉的，沒想到這麼多年了他還忠於同一品牌。

拿起梳妝台上全家福照片，男主人雖然頭髮不再濃密，仍然是個帥氣的中年男人。女主人雖不出眾，但還算清秀。一兒一女說不上什麼特殊，也就是屬於一般小孩的可愛。她看得有些出神，如果相片中的女主人換成她，這兩個小孩該是什麼模樣？她保證一定更可愛。

再回到樓下廚房，她必須對儲藏室裏的一些貼心設計做個介紹，雖然她不愛下廚，但整棟房子她最滿意的卻是這間廚房。

她突然想起餐桌下的紅酒漬。八年前她買了瓶不便宜的紅酒，慶祝他們搬了新家。但是新房子也無法刷新他們破損的婚姻，在爭吵中她不小心把酒打翻在嶄新的地毯上。她試著用不同的清潔劑清洗，卻始終有一圈淡淡的痕跡。不久，她離開了這棟房子。如今地毯上看不出任何痕跡，顯然是請專業清洗過的。

八年前她曾經無悔地踏出這個大門，今天當她鎖上同樣大門時，心中卻生出一些她不曾有過的複雜滋味。

夫妻之後

不遠處走來一位衣冠楚楚、身材適中、相貌斯文但又有幾分帥氣的中年男士，這是她欣賞的類型。在正常情況下，她會多看兩眼，但是她沒有，她把頭扭向櫥窗，假裝在欣賞。

她雖然已步入中年，因為天生麗質，加上保養得宜，不但不見任何衰老憔悴，反而更見成熟之美，像一朵盛開的玫瑰。

今天她穿了一套剪裁貼身的暗紅底白花的洋裝，一路上，她知道她吸引了不少目光。

那個男人看了她一眼，立刻把頭轉到另一側。

在他們同時轉頭的剎那，他們眼角餘光有極短暫的接觸，在很久以前如此電光石火，會激起心中甜蜜的遐思。

如果有人把他們的相片放在一起，一定讚美他們俊男美女有夫妻相。

事實上她和他的皮夾裡一直都放著幾張兩人合影，有機會就拿出展示，但是那已經是過去式了！

自從去年在紙上簽字後，他們之間剩下的只有無止無盡的嫌惡。

當他快速走過她身邊，他們可以感受彼此的怒氣在空中撞擊，爆出點點無形的火花。

苦瓜的滋味

對於妻子的去世，內心深處他是喜多於悲的。

在結婚十餘年後，當他發現妻子不再對他有任何吸引力時，他決定還是做個盡職的父親和丈夫。他把注意力放在工作和孩子的身上，似乎如此才能減輕對妻子逐漸產生的厭煩。他不解這女人為什麼每天叨唸不停，多吃苦瓜對身體好！神經，這麼多好吃的菜不吃非要自找苦吃。不要老坐在電視前面，出去運動一下！妳不知道我上一天班是很累人的嗎？如此這般老調重彈，他逐漸練就聽而不聞的本事。

終於妻子心臟病突發去世，一切聲音嘎然而止。三十年婚姻有大半時間在隱忍中度過，不怪他因解脫而歡欣。

很快地，他尋到了第二春。奇怪的是，好幾個老朋友私下對他說，你很念舊喔！新夫人遠遠看去和舊老婆十分相似。他不以為然，至少她不是多話的女人，她最大的嗜好是坐在電視前看連續劇。看得他快發狂，求她關機一起出去散步，她不回話，只對他傳來不耐的一瞥。啊！那眼神，他太熟悉其中的語言意義。

那天和她去超市買菜，也許是苦瓜季節，一條條清綠如玉，他拿了一個放在籃裏。你喜歡苦瓜？她問。他不知如何回答，此時此刻他不知道自己是否喜歡苦瓜，他只是突然很懷念那苦後發甘的滋味。

背後的女人

大家都說，他有個美滿的家庭和成功的事業。果真如此，他必須感謝他的太太，她選擇幕後工作，而讓他在台前發亮。

她一心一意做個相夫教子的全職主婦，完全以夫為榮。他除了努力工作，不用掛慮任何家庭瑣事。

退休後，為了排遣時間，增加點生活樂趣，她鼓勵他學做菜。他喜愛美食，不排斥洗手作羹湯。沒想到一出手，就有驚人表現。對自己有做菜天分，他非常得意。從此每次去potluck，他都搶著下廚，享受著大家的誇讚。

他從沒想到，每當他做菜的時候，充當二廚的太太總是在正當時機，偷偷嚐味，快速地做些加油添料的工作。

太太突然病逝，讓他的生活完全脫了軌道。一直以為自己是家中主宰，此刻確感到六神無主、倉皇無措。他忙著學習操作洗衣機、洗碗機、榨汁機、錄影機，他發現似乎家裏所有的電器產品他都沒碰過手；甚至連床頭的多功能鬧鐘，他都不知要如何對待。

而最令他不解的是，無論他如何努力做菜，味道總是不對。

酸辣湯

依照慣例她點了一碗酸辣湯和十個水餃，外加一小碟剁碎的生辣椒。吃著蘸滿辣醬的餃子，喝著熱騰騰的酸辣湯，她的嘴唇開始發麻，額頭開始冒汗。她舒了口長氣，感到全身混亂的線路恢復了正常運作。

他的為人和他的飲食一樣，清清淡淡，不油不膩，家裏沒有任何辛辣氣味。當她的味覺淡到快進入冬眠狀態的時候，體內莫名的鬱燥卻奔騰到極點，像壓力鍋必須有個氣孔排放氣壓，她找到酸辣湯。

認識他們的人說她「人在福中不知福」，能有個樸實忠厚、生活規律、無不良嗜好的先生，還有什麼好挑剔的？她卻把這些讚美和「呆板無趣」劃上等號。他每天一成不變按著時針過日子，就像倒在玻璃杯裡的冷水，一眼望盡，喝下去也不會有任何驚喜。

她只希望有時候他是一碗冒著熱氣、有滋有味，能刺激她神經的酸辣湯。

雪菜肉絲麵

她是個好脾氣的人，從不堅持什麼，總是順從大家的意思。唯獨一件事讓她先生不解，每次外出吃飯，如果點麵，她一定點雪菜肉絲麵。

「雪菜肉絲麵有那麼好吃嗎？讓妳百吃不厭！」

「是啊！就是愛吃嘛！」

在她先生之前，她有個初戀情人，在他們的第一個約會帶她去一家好吃的麵店，都是窮學生，捨不得吃高檔的牛肉麵，兩人都點中價位的雪菜肉絲麵。切得碎碎的雪菜，覆蓋在雪白的麵上，不但美味，賣相也好。很有默契的，從此他們上館子吃麵，一定點雪菜肉絲麵。

她自認是個忠誠的太太，也非常愛她的先生，偶爾她有些心虛，但捨不得丟棄這心頭唯一的秘密。每次和先生一起吃雪菜肉絲麵，她顯得有些不自在和心不在焉。

她想，每個人心中某個小角落，總是會存放一些不願人知的小祕密吧！

她把初戀的記憶全部融入一碗雪菜肉絲麵裏，初戀的滋味就像雪菜，有些微苦味，卻回味無窮。

尋夢者

每天早上起床，如果睡眠中有夢出現，她一定立刻拿起床頭櫃上的筆記本，記下所有的夢境。即使趕在如此迫切的時間裡，大部分的夢還是斷斷續續的，像是看本書，中間許多頁數被撕去；最惱人的是最重要的部分被撕去，整個夢變成不知所云的無頭公案。

也許夢本該是支離破碎的。

她和他曾經一起編織了無數美夢，可是許久許久，夢仍然是天邊的燦爛雲彩，遙不可及。

她急著向他追問：你忘記我們的夢嗎？我們的夢想什麼時候能實現？

他笑她太天真，什麼年紀了，還成天做白日夢！

怎能不做夢呢？如果沒有夢她可能會崩潰。每天過的是負面形容詞堆積起來的日子，乏味、瑣碎、勞累、煩躁，日子像是一塊塊又乾又酸的麵包，每天配著汗水和淚水吞進肚裡，一切只為了生存。

開餐館本來只是他們的權宜之計，那時候人浮於事，頂著再高的學歷也無濟於事，何況他所學的是冷門科系。

沒想到的是，一旦踏入廚房，腳步很快就被廚房的油垢牢牢地黏著，夢想也被炒鍋的油煙矇得模糊不清。

季節在餐館的四壁中轉換著，歲月在鍋鏟咆哮聲中流逝。每天忙得團團轉，卻像個陀螺，轉得再快也轉不出方寸之間。她的身體是個忙碌的陀螺，她的世界卻是一潭靜止不動的死水。晚上常常累得倒頭就睡，連做夢都成了奢侈，她開始珍惜夜間的夢，她需要一些現實以外的東西。

夢像一顆小石子，投入她如死水的世界，掀起一絲絲似有若無的漣漪。

失業

他不知道如何向她啟口。

他總是對她說，她只要打理好家，照顧好孩子，其他一切都不需要她操心。

十幾年來，他的確做到他的承諾。

在好學區擁有一棟不錯的房子，車庫裏停放著兩輛高檔車，他自信給家人提供了一個舒適的生活環境。

暑假即將到來，孩子們像往常一樣，熱烈討論著今年的全家旅遊計畫。「讀萬卷書，行萬里路」是他的理想。最近幾年，他們全家已經旅遊了不少國家。他曾對孩子們誇下海口，「只要你們喜歡去的地方，爸爸舉雙手贊成。」

日子已過去兩個多月了，他仍然在思考如何對他們啟口。每天他還是帶著太太為他準備的午餐，準時出門上班。他開往鄰城的圖書館，在車裏等圖書館開門。他捨不得去咖啡店，也失去了喝咖啡看報紙的閒情。

在圖書館裏消磨一整天的時間，時間顯得緩慢難熬。大部分時間他在網上找尋工作機會，投寄履歷表。打開電子信箱的心情，已由期待變成憂慮。寄出的信不是石沈大海，就是委婉拒絕。每面對一份拒絕信，就是承受一次羞辱。他已不在乎職位的高低和薪水的多寡，只求有份工作，逃出這場惡夢。

看看時間，才三點，必須再等兩個小時，他突然感到內疚。昨天兒子說，今天下午三點半他的球隊決賽，問他有沒時間去觀賽，他推說，工作太忙。

兩個多月來，每天扮演著「原來的自己」，他感到精疲力竭，無力再去球場加油吶喊。

他知道今天仍然無法向他們啟口，今天的話題將圍繞在球賽上。

盆栽

盆栽是他最大的嗜好，公餘之暇就拿著小剪刀修修剪剪，絕不容許任何枝葉毫無分寸地茲意竄長。

在他的耐心和堅持下，所有枝葉都乖乖地按照他的旨意轉折扭曲，培養出一棵棵造型獨特的盆栽，他感到滿意又自豪。

兒子的頭髮從小也是由他細細打理，時時保持整齊乾淨的面容。事實上除了頭髮，他盡可能為兒子打理一切，穿衣、飲食、交友、學業、課外活動等等，只要他能想到的他都為兒子規劃好，希望兒子能根據他的藍圖順順利利規規矩矩長大成人。為了達到他的目標，他會毫不心軟地拒絕兒子所有他認為是無理的要求，他覺得自己是個理智又負責的父親。

兒子高中畢業後，一夜之間有了一百八十度的轉變：蓄起長髮、拒絕上大學、拒絕所有他安排的活動，準備離家尋找自己的天空。

他傷心又不解地問兒子：

「為什麼？」

兒子只冷冷拋下一句：

「我不是你的盆栽！」

犧牲

她在電話向母親說大女兒準備結婚了！

母親只輕輕回應：「是嗎？什麼時候？」

沒有一般外婆嫁外孫女的誇張喜悅，就像她當年她宣布要結婚，母親的反應是冷淡而且帶些失望。

從小母親嚴厲地監督著她們三姊妹的課業，如果誰的成績沒達到母親的期望，她一定以這句話做為責罵的開頭：「妳太對不起我了，我為妳做了那麼大的犧牲……」

她的成績是三姊妹中最好的，是母親的驕傲，母親喜歡帶她出門訪客，就像有錢女人炫耀手上大鑽戒般炫耀著。

母親受過高等教育，在她那個時代是不平凡的，但是她選擇留在家裏當全職母親。

當她有了孩子決定放棄事業全力照顧孩子時，母親幾乎憤怒地說：「妳怎麼可以！妳太對不起我了，我為妳做了那麼大的犧牲……」

「媽！我和妳一樣，我願意為我的孩子犧牲！」

「妳會後悔的！」

「媽，妳後悔了嗎？」

母親沒有正面回答她的問題。

她和母親一樣培育出一對出色的女兒，如今女兒要結婚了，她似乎開始體會出母親的心情。她知道她們的犧牲並不是無條件的。

最喜歡哪一個？

她是個敏感的孩子，從小就隱隱約約覺得自己不是母親的最愛，雖然四個孩子裏她功課最好、最不惹事生非。誰都看得出來，長得可愛卻調皮搗蛋的哥哥是母親心中的寶貝，當然母親從來沒承認過。她不死心，常追問母親最喜歡哪一個？別問傻問題，媽媽怎麼會偏心，這是母親的答覆。

她不明白母親為何不慷慨些，私下施捨些謊言，說，我最喜歡妳。不論真假，只要是從母親嘴裏說出來的，她就心滿意足了。她努力做個好女兒，卻從來沒有得到她要的答覆。

當年他信誓旦旦地說，妳是我一生的最愛。她把這句話刻在心上，為這句話她努力做個好妻子，期望與他恩愛終身。終究，她還是逃脫不掉競爭的命運。當她知道他外面有女人，她並不像一般妻子會傷心欲絕尋死尋活，只是忍不住問，你最喜歡哪一個？別問傻問題，外面的女人只是逢場作戲，我不會和妳離婚的，這是他的答覆。

她不知道自己是不是還是他的最愛，或許她從來就不是他的最愛。不過她知道，只要他再說一遍，妳是我一生的最愛，她會心甘情願當一隻駝鳥，把頭埋在土裏，死心塌地努力做個好妻子。

坐在窗台的女孩

在老家，她的臥房是加蓋的一間閣樓，坐在窗台上，極目望去，是鄰里一片黑黝黝的屋頂，透露著破舊落後的訊息。

當黑夜遮蔽了白日的破敗，她喜歡坐在窗台，仰望星空明月，每一顆晶瑩閃爍的星星，都在向她訴說著一個奇麗多彩的夢想。她期待快快長大，只要離開這如囚室的閣樓，她將擁有一個明亮如星的美好人生。

終於，她來到燈火燦爛的大都會，和陌生人擠在狹窄的公寓裏。坐在窗台看不到天上的星空，看不到鄰里的屋頂，只有對面一堵灰暗醜陋的水泥牆，她的夢失去了出口。

一個美麗的氣球

一個印著美麗花紋的氣球在灌入氣後，花紋逐漸擴大，像一朵瞬間綻放的曇花。

她在超市的花店工作，每當有客人要買氣球，她就感到全身緊繃，然後小心翼翼地充氣，不想任何一個氣球在她手中炸開。如果不小心爆了一個氣球，她的心會一陣抽痛，甚至泫然欲淚。

如果你問她，為什麼會為一個破氣球落淚？

她會告訴你，曾經她有一個非常優秀的女兒。

唸高中時，她說她會爭取一流學校的獎學金，要我們不必為她的學費操心。你知道，她是個善解人意的孩子，她明白我們對她的期望。她真是用功啊！一有空閒就埋頭在書本中。回想起來她並沒有太多空閒，因為我們夫妻兩人早出晚歸努力賺錢，所有家務和她弟妹的管教責任都落到她身上；我們英文不好，很多事情也都需要她出面幫我們處理，對我們的交代她總是全力以赴，做得好好的。

唉！我是個自私的母親，她也不過是個十幾歲的孩子，我卻把那麼多重擔放在她小小的肩上，是我剝奪了她的生命。你知道她的遺言寫些什麼嗎？

她說她對不起我們，她沒能拿到一流學校的獎學金，也沒辦法阻止弟弟逃學鬧事，是個失敗的人，她感到很累，要我們原諒她不能再為我們分勞。

你看，沒有一句責備我們的話。唉！我真是個愚蠢又自私的母親，我怎麼沒有體諒她的處境，也沒看出她情緒的轉變，任她一個人在黑暗裏掙扎。

她說她的大女兒是個美麗的氣球，只是她茫然無知，不停地向這個美麗的氣球充氣，直到爆成碎片。現在再多的淚水也無法讓它們黏合，一切都太遲了！

門外的鞋子

在她買下一棟獨門獨院的房子後，母親給了她一個她覺得很可笑的建議——在門外放一雙男人鞋子。她知道母親不放心她一個人住個大房子，想弄個「家有男人」的煙幕彈；就像有人掛著「家有惡犬，閒人勿近」的牌子，多少起些警告作用。

一開始只是敷衍母親，隨便買了一雙最便宜拖鞋。後來想到，不能讓別人認為鞋子的主人是沒品味的男人。於是她開始認真面對這件事。

十年下來，壁櫥裏的男鞋，可以成為一個很完整的展覽櫥窗；有不同季節的拖鞋、涼鞋、休閒鞋、球鞋、皮鞋，其中不乏昂貴的名牌貨。

當然，名貴的鞋子是放在室內的，大門內外各擺一雙男鞋，已成了她日常生活的一部分。如果說放在室外的鞋子是給別人看的，那麼放在室內的鞋子則完全是為了自己。下班回家，她把脫下的鞋子並列一旁。她總是選十號男鞋，她覺得和她七號女鞋，是完美的搭配。

在職場上，大家都說她是女強人。她也知道別人在背後指指點點說，因為她太能幹，所以始終結不了婚。她感到忿忿不平，為什麼成功的男人身旁總圍繞著眾多女子，而有點成就的女人，就被貼上不需要男人的標籤。

雖然她內心渴望，有一天這些鞋子真能套入一雙十號的腳。但是在此之前，每有朋友來訪，她一定把這些鞋子掩藏得好好的，表現出女強人該有的本色。

第三者

她約他在咖啡館見面，因為她很煩惱，她有煩惱的時候一定想到他。

「我不知道該選哪一個？一個外貌英俊，一個才氣縱橫，為什麼兩項優點不集中在一個人身上？」

她和他從小一起長大，彼此父母是好友，兩家時相往來。

其實，論外貌，他也獲得不少女性的青睞；論才氣，他也小有成就。也許在她眼中他是屬於中性的，無關男女情事。

「妳為什麼不考慮兩者以外的第三者，他關心妳，照顧妳，又能時時聽妳訴說煩惱？」

才女的選擇

才子和佳人的搭配是美事一樁。在一般人的觀念裏，才子俊不俊並不重要，但是佳人必須具備閉月羞花的容貌，當然如果能夠秀外慧中更是上選。

她從小就出類拔萃，成年後的成就更是不讓鬚眉，唯一讓她遺憾的是，她欠缺了佳人的必備條件。好勝的基因激起她挑戰才子的念頭，才子配佳人，才女為何不該配俊男？

她終於找到一個俊男，但是相偕而行時，她感受不到羨慕的目光，倒是常感到背後的私語竊笑。婚禮上得到許多祝賀的同時，也接收到「等待看好戲」的訊息，她懷疑自己是不是做了件傻事。婚後一年她主動訴請離婚，主要原因倒不是他的出軌，而是她無法忍受他的平庸無味、不學無術。他對於她，就像一套剪裁合身、式樣高雅的套裝，別上了一枚巨大又俗氣的胸針，怎麼看都不順眼。

離了婚她大大鬆了口氣。

她決定如果碰不到才子，寧願選擇獨身。

讀你所想

她每天都搭公車上班。

今天早上居然沒聽到鬧鐘，一定是昨晚在朋友的生日party喝了點酒，才會睡得這麼沉。匆匆忙忙趕到車站，還好搭上了車，依著慣例，她選擇長排面對面的座位。或許是和職業有關，她喜歡觀察別人的舉止，猜測別人不自覺的身體語言，她感覺這是非常有趣的一件事。坐定之後，帶上耳機，聽著古典音樂，開始她的車上遊戲。

今天對面坐著二男一女。其中一位男士在看報紙，另一位東張西望，從她上車，她知道他的眼光已經在她身上停留好幾回，也許和她一樣是喜歡「讀人」吧！女孩很年輕，在看一本厚厚的書，應該是大學生。

東張西望的男士還是不時把眼光停在她身上，每當她想正面迎接，他立刻移開目光。嗯！膽小又想做壞事的男人。

女孩闔上書本，向她望了一眼，眼神從平靜一下轉得有些複雜，嘴角有些似笑非笑的神情。嗯！年輕女孩的心思總是多變的，晴雨都是一瞬間的事。女孩從背包拿出筆記本，寫了些什麼。年少時的自己不也如此，老愛用筆宣洩心中天馬行空的懷想。

看報的男士在換版面的同時，左右張望了一下，她感覺到他的眼光在她身上停頓下來，她迎上他的目光，他擠出一個微笑，立刻又埋首在報紙中。嗯！是個有教養的紳士。

車子緩緩地前進，今天車子不擠，沒有站立的人群，所以她非常肯定對面老是有眼光在和她捉迷藏，又似乎在傳達什麼訊息，是自己臉上有什麼東西嗎？她低頭對著皮包裡的鏡子仔細看一圈，沒有瑕疵；再看一下褲子拉鍊，也沒問題。

一向她是「讀人」遊戲的主導，今天頻頻「被讀」，她感到有些不自在，閉上眼睛專心聽音樂算了！

車子靠站，女孩起身下車，走上前遞給她一張紙，上面寫著——「小姐，妳穿了兩隻不一樣的鞋子。」

紅燒蹄膀

如果你要請我吃飯，拜託！千萬不要請我吃紅燒蹄膀。

別誤會，並不是我不愛吃。事實上那是我最愛的一道菜，從小就愛吃。尤其是那油亮的帶皮肥肉，綿稠軟滑、入口即化，想著都會讓我唾線活躍起來。

只是結婚一年來，我最愛的兩個女人——我媽和我的新婚妻子，不知道為什麼，時常在餐桌上端上這道大菜，我說大菜是因為記憶中，那是屬於特別節日才吃的菜。可是自從我告訴我媽，我的新婚妻子在學做我最愛的一道菜——紅燒蹄膀——以後，每次回家餐桌上一定會出現這道菜。

我的新婚妻子在聽我描述我多麼愛這道菜後，便開始上網尋找食譜，發誓一定要做出全世界最美味的紅燒蹄膀給我吃。我說，妳問我媽要食譜不就行了！她笑笑不答，繼續她的嘗試。

這一年來讓我常常錯覺是在過年或慶祝生日，但是讓我感到驚訝的是，我以為我會百吃不厭的菜，現在我居然希望不要在餐桌上出現。也許並不是我吃膩了，而是對吃完後隨之而來的問題有些厭煩。她們總是問我，「這次是不是比上次更好吃？」「誰的比較好吃？」如果我說，都好吃。她們認為我是在敷衍，而不願接受我的答案。事實上，我並沒有說謊，雖然風味口感有些不同，真的都好吃。我想也許任何人做的紅燒蹄膀，我都不會說難吃。

後來我就改變對策，誰私下問我，我就說誰的好吃。可是還是行不通，她們會用懷疑的眼光面對我的答案，而且有時候還顯出有些憤怒的樣子，說我口是心非。

現在一看到桌上有紅燒蹄膀，我的心理就不由自主的產生出壓力。另外，再吃下去我的身材也要向蹄膀看齊了。所以，如果你要請我吃飯，拜託！千萬不要請我吃紅燒蹄膀。

回巢

早上被吱吱喳喳的鳥鳴吵醒。牠們真是準時，前幾天才把鳥食倒進食盒，牠們就來報到了。每隻鳥都長的一模一樣，她不知道每年回來的鳥兒，是否來自同一家族。但是，她確定每年一定有鳥兒回來，享用她準備的鳥食，然後築巢孵育下一代。

起床去浴室，浴室裡仍然放著老伴的盥洗用品，刮鬍刀、牙刷都放在原位。刷完牙她例行把老伴的牙刷也沖洗一下，在她心裡老伴每天還是會回來刷牙的。

然後去孩子們的房間抹抹弄弄，雖然已經一年多沒人住過，她還是每天擦擦桌子，把被子抖開再摺好，再翻翻孩子的舊書舊照片。

孩子們常邀請她去他們的家，因為她一個人往返，比他們拖家帶眷回來看她要方便得多。她是常去看他們，但是孩子的新巢和自己的舊巢感覺總是不同的。她多麼希望孩子們偶而回來弄亂他們的房間，在她的廚房裡享受她的美食，在她的客廳裡談天說地。

舞台

牆上的相片都是上了妝、穿著戲服的嬌美女子；懂戲的人可以輕易說出哪張是杜麗娘、哪張是崔鶯鶯，還有王寶釧、楊貴妃、樊梨花和潘金蓮。有的巧笑倩兮、有的眉目流轉、有的凝睇含情，每張都是海報尺寸。踏入她家，彷彿走入了戲院。

她的柳夢梅、張生、薛平貴，下了戲即快速卸妝，挽著妻兒，呼朋喚友，大事慶祝去了。常常他們都會嚷著，「何大姊」「何阿姨」一起去熱鬧熱鬧吧！她的思緒還停留在「小姐」「娘子」的世界裏，怎捨得回轉到「何大姊」「何阿姨」的身分上，她總推託累了，要回家休息。

一路蹉跎，錯失了姻緣。十年前退休，空白的日子讓她心裡發慌，因緣際會參加了當地平劇社。原只是打發時間，初次登台卻讓她體會到破蛹化蝶、返老還童的驚奇，她的世界一下子變得花團錦簇、旖旎奇麗。當頭套拉平下垂的臉龐，戲服遮住變形的身材，她感覺自己飄浮在太虛之境，暢飲青春之泉；於是蓮步輕起、蘭指微伸，她成了劇中人。

觀眾讚賞她演得絲絲入扣，非常入戲。她想，確切的說法應該是，戲入她，而非她入戲。每次演出前，隨著妝扮，她明顯地感覺到身體醞釀著變化，待妝扮完成，她已達到忘我境界，她的身心完完全全被劇中人取代。

她沉醉於舞台的神妙，任何演出邀約都欣然同意，如果可能她願意天長地久永遠站在舞台上。

幸福的女人

她喜歡旅遊，每年都會參加旅行團，以異國風情為單調的日常生活塗上些色彩。出門前她不會忘記把戒指套上左手無名指。在一群陌生人裏，她可以任意編織她的婚姻故事。

三十幾歲時，她告訴團友，她要為體貼的先生選購紀念品；四十幾歲時，她告訴團友，她要為體貼的先生和可愛的兒女選購紀念品；五十幾歲時，她告訴團友，她要為體貼的先生和孝順的兒女及可愛的小外孫選購紀念品。

碰到熱情的團友建議該買什麼禮物，她一向言聽計從，微笑致謝。團友們總是誇獎她對家人的慷慨和掛念，又很羨慕她有了家庭還可以單獨自由旅遊，真是幸福的女人。

現在退休了，她突然厭倦了編織她的婚姻故事。她裸著左手無名指出遊，對團友的身家調查，她據實回答：未婚，沒有伴侶，沒有兒女。

她發現她依然得到很多人的羡慕，說她是幸福的女人。

有人羡慕她不需為先生的外遇問題煩惱。有人羡慕她不必為不孝順的兒女傷心。更多人羡慕她無牽無掛走天涯的灑脫。

她終於不必為自己選購的紀念品附加解釋，也許她真的是個幸福的女人，她想。

畫中背影

今天是她六十歲回顧展的開幕日。

她的水墨畫淡雅飄渺，如同她本人清逸樸素，氣質不凡。

如果畫中有人物，總會出現一個背影，仔細看可以看出是同一個人。

展出的畫按照年月先後排列，畫風雖同，用筆則由早期的細緻工整，轉變到現在的隨興瀟灑。

筆隨心轉，如果時光倒流，隨興瀟灑的心發生在前，她的人生又會是怎樣的光景？

曾經有個人期待她背起行囊共赴天涯，她違了約，因為她不知如何走出長輩為她鋪設的道路。

從小她就是從那條平順大道一路走上來的，那是她唯一的路途。

在淚眼中逐漸模糊的背影，化成了她心中一道永恆清晰的印記。

她的不孕，給了先生不忠的最佳借口。畫是她阻擋煩憂的屏障，長時間的練筆，讓她在書畫界建立了一片天地。她喜歡獨自關在書房裏，任自己的魂魄延著筆端、順著水墨流入煙山雲水間，感受純淨的自由。如果有了思念，她俐落地勾勒出心中背影，在畫中細訴著無奈。

午餐後，她返回展覽處，遠遠地，她捕捉到一個即將消失在街角的背影，雖然添加了幾許滄桑和風塵，她知道那是她的畫中背影。她無意喚住那背影轉身相對，只默默地把另一個背影收藏在心中。

如果

一對男女坐在公園木椅，依偎著談論未來。

一個中年女子推著坐在輪椅的中年男子在他們面前走過。

「如果以後我也這樣，妳會照顧我嗎？」

「我們可以請看護啊！」

「如果我們沒錢呢？」

「沒錢？你家不是很有錢嗎？」

「如果我爸不打算分遺產給我們，如果他想把錢都捐了呢？」

第二天傳來女子的簡訊：

如果不是你向我提出那麼多「如果」的問題，我一定會答應嫁給你了！謝謝你的「如果」，我必須再仔細考慮一下我們的未來。

證據

昨晚下了一場雪，清晨她站在窗口，望著粉雕玉琢的後院，所有殘葉枯枝都覆蓋在雪白晶瑩之下。雪地一排彎延的足印吸引了她的注意，破壞者終於現了蹤跡。辛苦經營的菜園，不時遭到破壞，卻始終找不到罪魁禍首，現在她有了證據。

走入書房，書桌一片凌亂，她稍微整理一下，她知道他不喜歡她碰他的東西，說會把重要的東西當垃圾扔了。所謂重要的東西，她想也不過是他的犯罪證據吧！早在幾年前當她發現一些蛛絲馬跡的時候，她就抱定採取視而不見的態度。他本來就不是個謹慎的犯罪者，幾年下來發現沒人查詢他的罪行，更是漫不經心地四處留下線索：沒關的電子信箱、寫著情話的卡片、買禮物的收據，她不時正面撞到犯罪證據。她的處理方式是：關掉電腦、把卡片夾到書裡、把收據扔到字紙簍，像警察刻意要包庇罪犯，想盡辦法湮滅證據。

她穿上外套，拿著照相機到後院照下足跡，想上網查證是何種動物。當然她很了解做這些偵探工作只是滿足自己的好奇心，有了充足證據並不表示她可以對破壞者趕盡殺絕。她預測明年她的菜園還是會遭到破壞，除非她放棄她的菜園，不然她只能選擇容忍和共存。

外遇疑雲

他注意到她最近有些不同，是不是她開始嫌他老了！

他比她大十歲，從一開始追求她就抱著忍讓寵愛的態度，當年她願意嫁給他，他總覺得有幾分僥倖。

最近她固定去健身房運動，從前她總是三天打魚兩天曬網。

沒事她就站在鏡子前端詳自己，左看看，右看看，這捏捏，那拍拍，一下微笑，一下嘆息。

她更買了一堆美容產品，常常塗得一臉白或一臉綠。

聽說戀愛中的女人會特別注重自己的外貌。

他終於鼓起勇氣問她：

「告訴我妳的祕密吧！我什麼都能接受！」

「祕密？我有什麼祕密？」

「那妳最近怎麼容光煥發，變得年輕又漂亮！」

她眼睛一亮，高興地說：

「啊！你看出來我的不同，太好了！太好了！現在我可有信心面對他們了！」

「面對誰啊？」他一頭霧水。

「我的大學同學啊！上個月不是告訴過你，今年我的大同學要舉辦畢業三十週年同學會，這麼多年沒見面，我可不要看起來是同學裡最胖最老的一個……」

手的故事

常常她把雙手舉在眼前細細端詳著，像藝術家欣賞自己的傑作，非常滿意。所有形容美手的詞句都可以用在她的手上，纖纖玉手，如柔荑、如蔥白、如凝脂、如無骨，就像國畫裡仕女的手。

自從她認知自己的身體也有傲人之處，她全力予以維護。一向只會得到「醜ㄚ頭」嘲諷的她，居然也擁有一份可以獲得讚美的資產，真是喜不自勝。

她不再彈琴，她想，練琴會讓關節突出，所以雖然有人說她有音樂天賦，她毫不考慮地放棄成為音樂家的夢想。

她也頗有繪畫天分，但是她想握筆太久會讓手指變形，而且顏料的化學成份一定也會損傷肌膚，所以她也不再習畫。

優渥的家境讓她不需要勞動雙手，用心保養自己的雙手是她每日最重要的工作。她有上百瓶的指甲油，用以搭配不同色調的衣服。伸展出塗上蔻丹的美麗雙手，像是十根鑲著寶石的玉柱美不勝收。

但是這雙美麗的手不曾創造出任何有趣的產品，譬如，一件手工編織品、一個工藝品、一盤拿手菜、一棵樹或一盆花。

當她壽終時，平放胸前的雙手仍然如石雕般完美無瑕。由於沒有實質的東西可以讓人懷念追憶，很快地，人們就忘記了她那雙美麗的手，也忘記了她整個人。

照相

三十好幾了還沒固定的對象，朋友們忙著為他撮合。

約會時，他一定會帶相機，相機是他的護身符，任何尷尬時刻，只要他拿出相機，對方一定報以甜美笑容，任他指揮擺佈。

他喜歡攝影，當他發現透過鏡頭可以過濾掉他的靦腆羞澀，他更加用心鑽研，所以他的攝影技術日益進步，再利用電腦高超的修改功能，他為相片上的她們動了完美的整容手術。對方接到他傳去的照片，總是萬分滿意，連連致謝。他知道那也許是她們至今最美的相片，比真實的她們美上好幾倍。但是目前為止她們只對他的相片感興趣，對於攝影人還是無意再進一步的了解。他的朋友說，你把她們照得那麼美，豈不是把她們的眼界提高了！當然更看不上你啦！

今天他在一個野餐會上，為一位初次碰面的女子照相，她和其他人一樣非常配合他的指令。

照完了，她說，我幫你照一張吧！看你只顧著幫別人照！

他想拒絕，卻不自覺地把相機交到她手裏。他很少站在鏡頭前，怕她看出他的侷促不安。她並不發出指示，只自己調動位置，看得出她深諳攝影，在尋找等待自己要的那一剎那。終於，她按下快門，很愉快地把相機還給他，說，應該是張不錯的相片！

想到自己有讓她滿意的一刻，信心像傑克的魔豆在他心中快速攀長，他竟然很自在地和她閒聊起來。

她把電子郵件地址給他，說，不要修改我的相片，我喜歡真實的面貌！
他想告訴她，妳的面貌已經美麗無缺，是不需要再修改了！
但是他沒說出口，心想來日方長，以後找到適當時機再說吧！

鵲橋會

她不知道為什麼她對橋有一份莫名的癡心。小時候什麼都不懂，每次老師叫大家畫圖，她拿起筆很自然地就畫出一座有模有樣的橋。出門遇到橋，她一定會興奮地跑到橋上四處張望，大人們連哄帶騙才能叫她下橋。

這情況隨著她的成長更加嚴重。上課心不在焉的時候就拿著筆在書上畫橋，書上所有空白的地方都被一座座的橋佔領了。有時候感到沒來由的鬱悶，也一定要去橋上走走才能舒緩心情。

這天是七夕情人節，她們幾個沒有情人的朋友相約去公園野餐。朋友們忙著擺放食物，她忍不住又先走到一旁的石橋上，摸摸橋垣，看看橋下流水。橋的那頭有個年輕男子拿著照相機走向她，問她可不可以讓他拍照。他說他最喜歡照橋，從他懂得拍照，不知拍了多少張，今天看到她站在橋頭，他心裡有種莫名的感動，彷彿這就是他一直要尋找的畫面，他請她原諒他的冒昧。

看著他的臉龐，聽著他的聲音，她感到熟悉又親切，似乎這就是她對橋癡心的原由，她感到有些不好意思，但是欣然答應了他的請求。

蔥油餅之戀

她不愛吃蔥，總是很仔細的把混在菜裡的蔥挑出來。

為了保持身材，她儘量不沾油膩的食物。

蔥油餅既有蔥又有油，是她的拒絕往來戶。

認識他的時候，他幾乎是以蔥油餅為生，早餐、點心、消夜必是蔥油餅，有時候連中餐也要包括一張蔥油餅才心滿意足。日積月累，他說話的時候不免飄出縷縷蔥味。

照理說，她應該對他避退三舍，但是愛情的魔力不是淡淡的蔥味能阻擋得了。

慢慢地，蔥的味道變成他的味道，聞到蔥味她就想到他，心中不覺淌起蜜，嘴角不覺綻放微笑。

於是她試著品嚐蔥油餅，嗯！味道還真不錯！她奇怪自己從前為何如此排斥。

他們常常合吃一張蔥油餅，你一口我一口，餅中飄出的蔥香把他們緊緊纏繞在一起。

在她深深愛上蔥油餅的時候，教她吃蔥油餅的人卻已經從她身邊悄悄溜到另外一個人的身邊。也許在這寒冷的冬夜他們正站在某個蔥油餅攤子前，等待合吃一張冒著熱氣金黃香脆的蔥油餅。

經過蔥油餅攤，抗拒不了誘人的香氣，她買了一張餅，流著淚獨自咀嚼，心裡想著他。

園丁

「從此王子和公主過著幸福美滿的生活」是她小時候最喜歡的故事結局。

婚前，她早早就勾勒好一個理想的家庭藍圖：一棟窗明几淨的房子，一方花木扶疏的庭院，一雙活潑可愛的兒女，一對恩愛的夫妻。

婚後，夫妻倆省吃儉用，很快買下一棟帶有一個小小庭院的房子，在一兒一女相繼出世後，她辭去工作，把全部精力投注在她美麗的家園裡。

她勤於打掃，家裡窗明几淨，一塵不染。

她蒔花種菜，院中花木扶疏，生意盎然。

她不再為自己置裝購物，一切消費以家庭、先生、孩子為先。

在她無私的奉獻下，先生日日穿著體面，容光煥發。孩子文武才藝，樣樣精通。

偶而，面對鏡中走樣的自己，感到幾分心驚，但是她深信一切都是值得的。

她雖然察覺先生和她之間的交集逐漸減少，但不引以為意，夫妻來日方長，短時間的疏離只因為有其他更重要的事情隔在其中。

當先生提出分手，她委屈地問，我到底做錯了什麼？

他滿懷歉疚地說，妳是個百分之百的好園丁，但是妳忘記灌溉修飾妳自己！

一張相片

那張相片照得很好，燦爛的陽光灑在碧綠的草坪上，他們穿的衣服顏色搭配得非常協調，像是很有默契的家庭，一家四口臉上洋溢著滿滿的笑容，他的手還輕輕地搭在她肩上。

他們是去參加朋友家的烤肉餐會。自從他去外地經商，他們一家很少有機會一起出席什麼活動，相片也常是三缺一。

那天餐會她真的很開心，朋友們說她真是個幸福的女人，先生事業有成，兒子也即將進入名校。她毫不謙虛地全心接受別人的恭維。

在那張相片拍完的第二天，她的世界完全變了樣。先生很坦白的告訴她，他們之間有了第三者，由她決定他們的未來。

後來當她在電子郵件收到那張相片的時候，螢幕上跳出的四張再熟悉不過的面孔卻顯得遙遠而不真實。如果時間停在那一剎那，她是不是可以永遠擁有幸福的感覺？

幸福已經僵死在按下快門的瞬間，那張相片只是沒有生命的幸福標本，她知道那不是她想要的。流著淚，雖然萬般不捨，她還是按下刪除鍵。

點菜

一家四口不時外出用餐，如果是吃中餐，照例是每人點一道自己愛吃的菜，再由一家之主負責點一道湯。

其實常常她點的也不見得真的是她愛吃的，她總是等他們都選定了，再選最後一道菜。

今天他們父子三人各點了：麻辣魚、椒鹽雞翅和蜜桃蝦球。這是他們的一慣作風，只考慮美味，不在乎營養的均衡。

她拿著菜單在素菜那欄裡仔細看著，想選一道他們都願意下箸的素菜。

蔥爆雙魷吧！那是妳愛吃的。看她難做決定，他提出了建議。

是啊！那是她愛吃的。婚前兩人約會，點菜時都很貼心地選擇對方愛吃的菜，一餐下來，不但滿足了胃，也甜蜜了心。

既然他還記得，為什麼不挑她喜歡的，就只顧自己的口味，他知道她和兒子都不愛麻辣，他點的麻辣魚完全是他一人的菜。

當然她也沒有理由抗議，因為他並沒限制她的選擇，甚至還建議她挑自己愛吃的菜。

最終她還是挑了香菇燴生菜，他知道她並不喜歡香菇，但是兒子們愛吃。他沒表示什麼，就像很多其他的事情，他不再刻意放在心上。

沒來由的，心情變得五味雜陳，什麼時候她的喜好成了可有可無的配件，而她的犧牲也成了理所當然。

我不能沒有妳

「我不能沒有妳！」這是他的肺腑之言，不只是討她歡心的甜言蜜語而已。

她很享受這句話，也很享受他對她的依賴。

身為長女，照顧別人是她的本份，成為賢慧又能幹的妻子，是理所當然，再自然不過的事。

她無微不至地伺候著他，他不愛喝有渣的果汁，她會不厭其煩地多過濾一遍，再送到他嘴邊。

她確定她在他的生命中，有著無可取代的地位。

他很享受她的照顧，也很感激她的付出與辛勞。

在她離他而去不滿一年，他又娶了另一個女人，他對她的照片說，「並非無情或忘恩負義，只因我不能沒有妳。」

妳在生我的氣嗎？

面對著電視他持續發表高論，突然驚覺到好一陣子沒聽到她應和，轉過頭，看她坐在沙發一角看一本雜誌。不，不是在看雜誌，而是翻雜誌，很快速又用力地翻雜誌。

他很想問：妳在生氣嗎？

但是他不能問，因為這是火上加油的問題。她曾說過，你連我在生氣都不知道，真讓我更氣更傷心！

根據以往的經驗，他知道她在生氣，到底在氣些什麼？是誰惹她生氣的？他毫無頭緒。家裏就他們兩人，如果是別人的錯，她早就向他抱怨了，那麼罪魁禍首只有落在他的身上了！只好拿出偵探本事，重返犯罪現場。

午飯前她還和他有說有笑的，吃飯時他們各拿一份報紙，以報紙配飯，這也是常有的事，不足為奇。回想起來，整個午飯過程是安靜無聲的，只怪自己看得太投入，沒注意到一些反常現象。那麼事情是發生在吃飯前囉！吃飯前他們一起在廚房弄午餐，今天由他當大廚，她當副手。對啦！

一開始她還對他的菜指指點點，後來就悶不吭聲清理善後，一定是做飯過程中，說了或做了什麼不該說或不該做的事。唉！都結婚三十多年了，還改不了老習性，愛生悶氣。為什麼不明說直言，道歉了事，豈不暢快！總要讓他攪盡腦汁，仔細推敲，折騰半天才能找出前因後果。

女人心海底針，今天這根針到底掉落何方，還真難倒了他這個大偵探。
忍不住，問了句他知道不該問的話：妳在生我的氣嗎？

叛逆的年齡

有一天，他慎重其事地對她說：

我不要再聽妳的指揮，我要自由，我要享受我的人生。對酒當歌，人生幾何！從前妳老說「要做孩子們的榜樣」，東西要物歸原位，吃飯要正襟危坐，穿衣要扣好扣子，規矩一大堆，日子過得礙手礙腳的，真的很煩人！好啦！現在就剩我倆在家，如果我只穿個內褲，坐在電視前吃飯，請妳不要嘮嘮叨叨，因為那是我的自由。

她氣定神閒不急不徐地說：

我完全贊同你的說法！享受自由的人生，也是我盼了半輩子的美夢。孩子離巢，你也退休，我應該從家務雜事裏功成身退了！

我計畫去參加一些好玩的活動，到社區大學選些有趣的課程，不時地和好友聚餐聯誼，所以以後可能不能再像以前一樣，伺候你的三餐；反正你也閒著，就學著打點自己的飲食吧！

如果你要隨性亂丟衣物，那是你的自由，我無權干涉，不過我可不跟你玩「你丟我撿」的遊戲，所以不要扯著嗓門要我幫你找東西；另外，我們各自負責清洗自己的衣物，換句話說，你要學著使熨斗。別急！憑你的智商，一學就會，真的不難。咦！你好像並不高興的樣子。嗯，對了！我想在腳踝刺朵牡丹花，你覺得怎樣？

禮物

週年紀念又快到了，他有些煩惱。

不像慶祝生日是屬於全家人的事，他可以請全家人出去吃頓豐盛的晚餐，讓孩子們挑件禮物算上他的一份，再買個奢侈的生日蛋糕，也就皆大歡喜了！

週年紀念卻有些不同，這是屬於他們倆的日子，看得出她的期待，他像被推上舞台演一齣獨腳戲，有些力不從心。

這些年來，他試著買不同種類、不同價位的禮物，結果貴的被說太浪費、便宜的被嫌太小氣，不然不是顏色不對就是式樣太土。最不傷腦筋的花早被剔除在名單之外，因為缺乏實用價值，違背她精打細算的度日哲學。

在百貨公司逛了兩圈，商品琳琅滿目卻看不出哪一樣適合。昨天想旁敲側擊看她想要什麼，卻問不出所以然，他懷疑是不是她自己都不知道想要什麼。他建議一起上街選購，她說，沒有驚喜就失去了情趣，也顯不出送禮的誠意。他想，女人真難伺候，不論她買什麼，自己不都欣然接受嗎？

突然想起，她每次打開孩子們親手畫給她生日卡時，總是欣喜萬分，他有了主意，但並不十分有把握是個好主意。

他用電腦設計了一張卡片，然後在空白處手繪一顆大紅心，中心寫上「無價的愛」，再附上兩張電影票。

當他把卡片放在她手上，等待她的奚落。沒想到她一臉驚喜，給他一個熱烈擁抱，說，你真可愛，謝謝你的禮物。

這是他送給她最便宜的禮物，卻得到她的歡心。

女人真是奇怪的動物，這是他的結論。

花情

也許只能怪他是個多情的男人，必須藉著美麗的花朵釋放滿腔澎湃的熱情。

婚前，他常買花送她。看她充滿笑意的臉，讚美著他選購的花束，他似乎比她還快樂。

婚後，她說，不要再買花了，知道你的心意就好了！

有時候忍不住買束花回家，卻招她數落不知居家度日的艱難，「你知道嗎？一束花相當一餐的菜錢！」於是，他不再買花給她。

但是，每經過花店他總不免佇足欣賞一番。那天，在路邊小販強力推銷下，忍不住買下那束美麗的花朵。他帶到公司，送給接待小姐。他並沒有任何用意，只是想把手上的花送出去。

他沒料想到花對女人所施展的魔力，卻不是他能控制的。

一場愛情角力隨著一束花開始登場。

盼望

今天是去探視父親的日子，對他來講，這只是一個例行公事，就像每天機械性地上班，並不含情緒上的波動。

從小就少有和父親互動的機會，等待應酬頻繁的父親回家，是他孩提時代刻骨銘心的記憶。常常趴在窗口盼望著父親的身影，有時母親會帶著哀怨的神情催促他回房睡覺，說：你爸今天不會回來的！

小時失去親子間的連線，成年後再怎麼搓揉，也造不出那條神祕線路。父子相處如同客人，每次見面，有一搭、沒一搭地講些無關緊要的話。

也許碰上了交通事故，一路塞車，晚了一小時才到。

不經意望向父親房間窗口，迎上老人裂口而笑，揮手相迎的身影。胸口一陣翻騰，時空快速倒流，他似乎看到一個小男孩興奮喊著：爸爸！爸爸！

驚喜

這幾天看她神情愉快地打掃房間，有些不尋常。她不是勤於家務的人，家裡雖然不致於髒亂，但離一塵不染還很遙遠，一般只有要請客的時候，才會徹底打掃一番。

「要請客嗎？」

「不要問，到時候你就知道了！」

沒有否認，就是默認了，他想。

要請客又不對他明講，那一定和他有關了，是啊！月底就是他生日了，莫非她要給他一個surprise party。

偶而聽她壓低聲音在講電話，斷斷續續聽到：

「不要買禮物……一個驚喜…………一定要來……」

他更確定自己的猜測沒錯。

這麼多年來她的生活重心一向在兒子身上，他們兩人的生日和紀念日可以從簡，但對兒子的所有慶祝活動卻費心策劃，花錢毫不手軟。今年兒子大學畢業，總算他又得到她的關切，他感到溫暖又甜蜜，好久沒有那麼期待過生日了！

那天下班回家看她悶悶不樂地坐在電話旁。

「兒子打電話回來說，這個週末不能回來，要和朋友去爬山。我人也請了蛋糕也訂了，要給他一個畢業party，怎麼好改期呢！」

「噢！妳是給兒子辦party，我還以為……妳知道我的生日快到了！」

「噢！我倒是把你的生日給忘了！」

她看著他突然眼睛一亮，說：

「對啦！我就告訴他要給你辦個surprise party，這樣他一定會回來，等他進門發現是給他的驚喜，那就更有趣了！」

一切以兒子為先，他沒有爭辯的餘地，只好拱手把這份驚喜讓給兒子去享受。

離別

看他眼眶開始泛著淚光，她感到有些於心不忍，他緊握著她的手，似乎在做最後的請求。在此之前她曾給自己多次的心理建設，希望自己不要在他面前落淚，要哭也要等到離開之後。

母親常說她是鐵石心腸，一心嚮往遠方的世界，從不吝嗇向家人道別。高中開始她就選擇去外地就讀，隨著年齡的增長，她離家的距離也越來越遠。

沒想到如今卻敗在這小子手裡，怎麼也硬不起心腸道別。她知道，他很快就會習慣她不在他身邊的日子，而且會很快樂。當他的背影消失在她的視線範圍後，她擦乾眼淚，決定在附近的咖啡店消磨兩個小時等他。

今天是他第一天上幼稚園，她不希望他放學的時候看不到媽媽。

聚會

幾個二十多年沒見面的老同學聚會敘舊，她依然是大家讚美的焦點。
「太不公平了，歲月簡直沒在妳身上留下任何痕跡！」
「永不褪色的美女！」
「少奶奶沒煩惱，不像我們每天為柴米油鹽奔波，未老先衰！」
席間，手機聲此起彼落。
「我老公說他要去超市，問我要買些什麼？他呀！什麼雞毛蒜皮的事都要問我。」
說起先生，相貌不出色的平凡女人，臉上顯出迷人的神采。
「是我的助理，說明天有個客戶一定要和我見面！」
離婚的女強人，失去婚姻，選擇事業，做得有聲有色。
「我兒子問我會不會回家做晚餐？他就是愛吃我做的菜！」
不施脂粉的家庭主婦，渾身散發著幸福。
她的手機靜靜地躺在皮包裏，一雙兒女除了向她要錢，是不會找她的；先生現在在哪個女人懷抱，她無從得知，他當然絕不會主動向她報告行蹤。
她臉上展現著優雅的微笑，她的心和她的手機一樣，膨脹著悄然無聲的寂寞。

雙姝對白

女一：約妳好幾次都沒空，到底在忙些什麼？

女二：還不是一些雜七雜八的事，誰像妳好命，閒在家當少奶奶！

女一：所以啊！今天既然在附近閒逛，想妳大小姐再忙也要吃飯吧！就給妳個驚喜！

女二：妳出現在我辦公室還真嚇我一跳！

女一：什麼好嚇一跳的，我有那麼可怕嗎？嘿！看妳春風滿面的，又有新男友啦？

女二：別亂講，哪來的男友！

女一：對了！記得小K嗎？我大學室友，她正在鬧離婚。老公在外面有個兩歲大的孩子了，她到現在才知道，真是後知後覺！

女二：真的嗎？

女一：當然是真的！我早就聽說她老公在外面亂來，也只有她會被蒙在鼓裡，要是我什麼蛛絲馬跡都別想逃過我的眼底！

女二：是嗎？

女一：當然，妳不信嗎？

女二：當然信！男人十之八九都靠不住，是要看緊點，只是每天提心吊膽像防賊一樣，還真是累，所以啊！還是別結婚的好！

女一：別太悲觀，女人還是……

女二：噢！對不起，手機在叫，在等一個重要電話。

女一：沒關係，妳談公事吧！我去一下洗手間。

看著手機上顯示的短訊：在那裡？想妳！

手指在按鍵上飛動著：正和你老婆吃午餐……

約會

換了三套衣服，她決定還是穿牛仔褲配襯衫，再加件外套；今天打算坐公車進城，穿輕便些比較自在，而且說好去中國城吃小吃，實在不需要盛裝。當然，脂粉還是要施的，化妝與不化妝間，有十歲的差別，不能掉以輕心。她知道他不喜歡女人把臉塗得五彩繽紛，所以必須化得不著痕跡，愈自然愈好。

出門前打電話給他，約好在他公司附近的車站見面，再步行到中國城。

到了站，他果然已站在那兒等候，他從不遲到，記憶中，不曾有過她等他的記錄。

他迎上前，輕吻她的臉頰，在她耳邊說：「妳今天看起來年輕又漂亮！」

聽了這句話，她更開心了，讓他握著手，一路說笑，走向中國城。

餐後，她問：「晚餐想吃什麼？順便買點菜帶回去。」

他想了一會兒，說：「魚香茄子吧！」

她報以會心一笑。茄子是她喜愛的食物，卻不得孩子們的歡心，只好犧牲自己的口味。如今就只有夫妻倆用餐，他們的愛惡終於回歸到首選。

「好！再配一盤紅燒烤麩吧！」

烤麩是他的最愛。

踏著輕快的腳步回家，她慶幸戀愛的感覺並沒有被歲月磨盡，只是如冬眠般沉睡著，用點心思就能喚醒，不但甜蜜如昔，再添加上默契和自在，醞釀出青春年少時欠缺的醇厚溫潤的滋味。

她期待著下一個約會。

遺失皮包的夢

她被驚嚇而醒，靜夜裏，她可以清楚地聽到自己急促的心跳聲。她的皮包又遺失了！這次是在餐廳，正和幾位多年未見面的小學同學聚餐。畢業後就不再聯絡的小學同學，竟然會出現在夢中，她甚至不知道自己還存有對他們的記憶。夢和記憶都是複雜難解的，難怪有各種解析和催眠想要從裡面發掘一些所謂的潛意識的真相。她的遺失皮包的夢，有什麼特別象徵嗎？

從前老做考試夢，不是沒時間做完，就是忘了準備，嚇得一身冷汗。他常說她，庸人自擾，放不開。如今不再做考試夢，卻被遺失皮包的夢取代，幾度被驚嚇而醒。好好的一個皮包，一轉眼卻消失無蹤，她立刻陷入無盡的惶恐中，心臟開始急速跳動起來。

在現實生活裏，她出門必定緊緊守護著她的皮包，一刻都不離開她的視線，而她這輩子也從來沒遺失過皮包，她想不透為何夢中她無論多麼謹慎看守皮包，卻逃不出遺失的結局。

皮包裏裝的東西，幾乎是她生活的縮影：一個皮夾——裡面有駕照、信用卡、保險卡、提款卡和現金，一個小化妝包，一把梳子，一個手機，一付眼鏡，一枝筆和一本記事本，還有一些零零碎碎的東西，譬如，一顆糖、一張收據等等。皮包每天和她進進出出，成了她的一部分。

常說「日有所思、夜有所夢」，但是她並不常想到皮包會遺失這件事，況且皮包掉了並不是太嚴重的事。她一向不會隨身帶太多現款，都用信用卡，而信用卡掉了，可以立即止付作廢；重新申請駕照、保險卡和提款卡也不麻煩，其他東西掉了雖然可惜，卻也無關緊要；總而言之，遺失皮包並不是一件嚴重的事，為何夢中會驚嚇如墜深淵？

她回想追溯，發現她遺失皮包的夢，是從她無意間發現他常在網上和陌生女子親熱對話開始。她不知道要如何質問他，怕他一走了之。她不確定這件事是否和她的夢有關，但是她確定她的夢是出現在這件事之後。

拼圖

她是拼圖好手，家中牆上掛了許多裱裝的拼圖，小至數百片，大至數千片。

新聞報導玩拼圖可以預防老人癡呆，但她發現專心於拼圖更可排遣一屋子沉靜無聲的寂寞。

要把一盒支離破碎的圖像回復原狀是件不容易的工程，從整理、分類、比對，她很有系統地一步一步前進著。不論多麼困難的拼圖，她知道最重要的一點是不能遺失任何一片。如果擺完四千九百九十九片，卻缺了第五千片，對她來說都是前功盡棄。

她想如果當初她以謹慎的心態對待她的婚姻拼圖，也許不至於落得今日的殘破不全。

只是一開始就掉以輕心，一路走來，不知遺落了多少片數，再怎麼努力也不可能再拼回原貌。

包子

她做菜的手藝並不怎麼高明，但是她手下的包子卻是無懈可擊的個中極品。外形美觀，每個皺折似乎都間隔一致；麵皮的口感極佳，軟柔中又帶些嚼勁；餡料無論甜鹹，飽滿扎實，香氣四溢。

總而言之，她做包子已經到了爐火純青的地步，她的包子讓人一吃就上癮。如果說包子挽救了她的婚姻，也並非言過其實。

那時候他們處於婚姻低潮期，兩人常常怒目相向，他下了班也不想立刻回家，有時藉口加班就在外面吃過飯才回家，週末假日更常去朋友家打牌消磨一天。

一向她就愛吃包子，在個偶然機會學會了做包子，就把無處發洩的精力用在研發包子上。慢慢地，她發現揉麵可以把心中怒氣消散。

掀開冒著熱氣的蒸籠，一個個白白胖胖的包子擠在裡面，像個快樂的大家庭，她不自覺地跟著歡喜。

站在廚房品嚐自己的成果，她輕噓一口氣，突然很多事情都變得微不足道了！在做包子的過程裡，她體會到很多東西如果用心經營就會有滿意的成果。

自從家裡不時飄散著包子香味後，他的心似乎也被這特殊的「家的味道」深深吸引，下了班他不再遊蕩晚歸。

有一回兩人又起了爭吵，她賭氣兩個星期沒做包子。

他逞強不求她，去外面買包子吃。奇怪的是，從前常吃的包子現在居然沒一家合他的胃口，不是麵皮黏牙，就是餡料不美。

由吃包子，他覺悟到有些東西不是金錢能買得到的，得到了就應該珍惜。

後來每次她準備做包子，只要他在家一定在一旁幫忙洗洗切切。

他們的包子越來越好吃，他們的婚姻也越來越美滿。

長髮為君留

她的頭髮不夠濃密，並不適合留長髮，而且短髮更能為她的臉型加分；但是她一直留著長髮，因為他說，留長髮才有女人味。

多年來他的喜好就是她的選擇。他不喜歡辣，她做菜絕不加任何辣味，只為自己倒一小碟辣醬在一旁，滿足自己嗜辣的味覺。他喜歡藍色，他們的家的布置當然以藍色為主，甚至她的衣櫥裡是一排深深淺淺的藍。

朋友傳來一張他和另一女人攜手相行的相片。關於他的流言，她早有心理準備。令她難以承受的是，照片中的女人竟然擁有一頭時髦俐落的短髮。

她痛哭一場，然後開車去髮廊，請理髮師依照她的臉型剪一個超短的髮型。

青春永駐

從後面看，苗條的體態，配上卡通圖案T恤和貼身牛仔褲，加上即肩的時髦髮型，讓人猜想是妙齡女郎。

從前面看，精心描繪的臉蛋，平滑的肌膚沒有任何皺紋，但是只要多看一眼，就知道那是人工產品；蠟像再怎麼逼真，還是缺少生命氣息。再說，那對眼神毫無隱瞞地透露出年齡的祕密。

逛街購物她很自然的就往青少年區走去。付錢時，碰到不識趣的店員問：「送給女兒的嗎？」她假裝沒聽到，或顧左右而言他。

當年他就是嫌還不到四十歲的元配「又老又醜的黃臉婆」，她才輕易取代了元配的地位。下個月她就四十了，每天她花很多時間在鏡子前端詳自己，心底的不安隨著年紀一起增長，她對自己越來越挑剔。

電視上那些自以為聰明的女人老是談論著，女人要隨著年齡增加智慧，要有自信，才能散發成熟的自然美，像一個熟透的紅蘋果，既香又美。

哼！妳們這些象牙塔裏的女人哪懂得男人的心，熟透的蘋果好吃嗎？我不要什麼智慧、自信，我只要青春，永不褪色的青春！

坐月子

婆婆：很多人勸我千萬不要自做多情幫媳婦坐月子，免得落到吃力不討好，還結下日後的嫌隙。可是我們兩家住得不算遠，不幫忙似乎說不過去，而且去年還飛到東岸幫女兒坐月子，想想看，幫遠處的女兒卻不幫近處的媳婦，這不是讓人說我偏心嗎？

好在媳婦不是難侍候的人，我只是每天中午過去幫她做些菜，燉煮些產後該吃的補品。我做什麼她都說好，做飯做菜是難不倒我的。

當然，我去幫忙也是有私心的，想想看，我不去我那乖兒子豈不累慘啦！經過這次經驗，我要告訴我那些朋友，婆婆幫媳婦坐月子沒什麼好顧忌的，都是一家人嘛！本來打算幫忙一個月，不過才兩個星期媳婦說她已經完全回復，不要我每天奔波太勞累。是嘛！現在年輕人都身強體健復原得快，以後我就隔兩天燉個湯送過去就是了！

媳婦：整個生產過程最難挨的，可能是我婆婆來幫我坐月子這兩個星期了！一向我就怕中藥的味道，婆婆說習慣就好，我也不好拒絕她的好意，兩個星期家裏充滿著中藥味，熏得我頭都痛了！

婆婆做的菜味重油濃，也不合我清淡的口味，可是我也不好明說，顯得自己太挑剔。婆婆對自己的廚藝是信心十足的，記得有一回公公當著大家面說她的某道菜鹹了點，看得出婆婆一晚上都悶悶不樂，所以我是不能對她的菜說三道四。只有等她回家後，把她的菜重新加工，實在不想吃，只好再動手做新菜了。

另外，婆婆做飯是不管善後的，在她家那是屬於公公的責任。每次她做完飯，廚房就像個戰場，她說等她兒子回來收拾。問題是我有些潔癖，看不得家裏亂成一團，每次等不到她兒子回來，就動手收拾起來了。

還好我說服她不必再每天過來，不然我很可能會得產後憂慮症。

兒子：兩個星期我胖了五磅，太太不愛吃我媽做的菜，我又不忍心看我媽辛苦做出來的菜被送進垃圾桶，只好全部接收，老實說，我媽做的比我太太做的好吃多了！只是我發現月子食物似乎不大適合男人食用，因為我流了兩次鼻血，臉上還冒出好幾顆痘痘。

必須想個說詞，要我媽不要再送補品過來了！

養生

退休之後沒什麼重要事情需要他全力以赴，加上年紀愈長愈感到生命的可貴，他把注意力放到如何保養身體延年益壽。

根據他搜尋的資料，他為自己設定了一個最合乎健康原則的作息表。

為了趕在七點半前吃早餐，他把鬧鐘定在六點四十五，先喝杯水，隔半小時才能進餐。諸如此類，他嚴格遵守專家的建議。

其實他也不清楚那些做建議的是不是真的專家，既然網路上如此盛傳，自有它的道理，他是寧願信其有。

飲食內容就比較麻煩，人是雜食動物，食物種類又多，對於食物的褒貶可說百家爭鳴。好多東西應該多吃，問題是他就只有一個小小的胃，他怎能吃進那麼多對身體有益的東西？再說，維持體重不是也很重要嗎？

是否要吃維他命他和其他補品也拿不定主意，每隔一陣子就有新的研究報告出爐，本來捧為仙丹聖丸的，一夜之間被打成毒藥危品，但不久又可能敗部復活，被視為寶貝，真是不知如何是好！

他只好採取折衷方式，每隔一天吃一次。

那天他在公園散步，一不留心居然被地上果皮滑了一大跤，摔斷一根骨頭，休養大半年才復原。

從此他不大願意出門，他突然認知外面世界充滿著危機，槍擊、車禍、搶劫等等常見於新聞版面，連日常行走的路面都埋藏著陷阱。

好在現在網路商店發達，少出門並不影響日常生活。至於運動，就改在自家後院打太極拳吧！

可是現在他又有了新的憂慮。昨天看新聞報導，有一架單引擎小飛機掉入民宅，還好屋主不在家，免去一場無妄之災。報導還舉出統計數據說，全美國每天平均有五起小飛機意外事件。

現在他聽到屋外有飛機掠過上空，立刻豎起耳朵，保持隨時應變的狀態。

空中傳情

這是她愛聽的電台，一起開車出門時，她一定會轉到這個頻道，有一個時段主持人接受聽眾點歌，主持人似乎學過心理學，常常會讓點歌者真情流露地說明這首歌是為誰而點、為何而點，說著說著，不是喜極而泣，就是悲傷哽咽。

每聽到是為宣示自己的愛意而點歌時，她總會調侃一旁的他，什麼時候會點一首歌給她？他總說，外國人就愛拿肉麻當有趣，有必要把私情公諸於世嗎？她故意生氣，人家是嘴甜又羅曼蒂克，哪像你嘴巴死硬，如果我英文夠溜一定點一首給你。其實她英文也有相當水準，只是她總覺得自己口音太重。

今天他獨自開車，收音機傳來主持人甜美悅耳的聲音，半年來他不曾換過其他任何電台。

「嗨！我叫Mary，我想點首歌獻給我親愛的丈夫，今天是我們結婚四十週年紀念日。」

「恭喜！妳先生叫什麼名字？」

「John」

「妳想點哪一首歌？」

「Frank Sinatra's *My way*，這是我親愛的丈夫最喜愛的歌，我想告訴他，他是我一生的摯愛，我永遠愛他。」

Frank Sinatra低沈而富磁性的歌聲瀰漫在車裡，他的淚水也在眼裏氾濫，他無法再行駛，把車停在路邊，哀哀啜泣起來。

他的英文名字是John，他太太的中文姓名是馬瑞，這首*My way*是他喜愛的歌，今天是他們結婚三十五週年紀念日，只是他親愛的太太已在半年前去世。

毫不猶豫地，他拿起手機按下電台的號碼，他知道他太太最想聽哪一首歌。

婚前的優點

看他唏哩呼嚕地三兩下把一碗麵吞下肚，她不禁皺起眉頭說：為什麼你吃東西老是狼吞虎嚥，又沒人要跟你搶？就不能吃得斯文點嗎？

他擦擦嘴說：妳從前不是說，最愛看我大塊吃肉、大碗喝湯的豪邁氣概嗎？

她記得，第一次約會就對他滋滋有味的吃相感到有趣，任何食物在他面前都變得美味無比。為什麼一路走來，很多東西都走了樣、變了味，難道婚姻是其中的關鍵嗎？

婚前約會，他總是把去處安排得好好的，不需她操心，她只管享受他的體貼。如今，她氣惱他的霸道，所有的家庭活動都以他的選擇為優先。

從前，她喜歡聽他有趣的笑話，也很佩服他能和陌生人侃侃而談的本事。如今，每聽到他翻出老笑話和別人瞎扯，她就有叫他閉嘴的衝動。

她突然有個奇想：如果婚前的優點逐漸變成婚後的缺點，反推回去，婚前的缺點是不是應該變成婚後的優點？

她努力回想他婚前的缺點，卻發現怎麼也找不出一個。婚前他真的如此完美嗎？這麼說來，總有一天，在她眼中，他將變得一無是處？

她想起姊姊曾對她說：妳以為妳撿到一個寶嗎？情人眼裡出西施，等妳結了婚妳就知道了！

後悔嫁給我啦？

「後悔嫁給我啦？」今天他又問了一次。

每當他自覺做錯了什麼，讓她受了委屈，他總會問上這一句。後悔過嗎？一定後悔過。算一算他的缺點還真不少，脾氣壞、好面子、不修邊幅、強詞奪理、不切實際、粗枝大葉……，隨便抓起，就是一大把。

但是她是個聰明的女人，她自有一套理論讓自己安於婚姻的泥淖中。她認為當不同背景的一男一女在一個屋簷下建立家庭的同時，也暗中設置了一個戰場，在家裏各角落埋藏著地雷，戰火的氣息時時存在。如果彼此輕忽或故意往地雷上踩，總有一天這個家會炸得屋毀人傷。相對的，如果花點心思探知對方的地雷所在，盡可能繞道而行，也就天下太平了。

她還喜歡以女人的觀點，把另一伴比成一件衣服。能對同一件衣服鍾情一輩子的女人，可能並不多見。剛買到手總是興奮喜悅的，但是穿了三、五次後，就開始挑剔了，有些甚至還沒穿上身，就覺得不合時宜而懷疑自己當初的眼光。她覺得只要不是過份強求——譬如十號身材硬要擠進一號衣服，那是怎麼也做不到的事——，大部分的瑕疵都有挽救的餘地。或長或短或寬或窄，都不難給予修正，如果顏色或式樣不盡滿意，也許加個飾物或配個外套，也常會出現意想不到的亮眼風格。

今天他問這老問題，是因為他中風後不大聽使喚的手，不小心打翻了茶杯，看著她忙著擦拭桌上的水，像做錯事的孩子，垂頭喪氣慢慢地吐出那幾個字。

她握著他的手回答：

「老伴！明天兒孫要為我們慶祝鑽石婚，要後悔是不是也太遲了點？你放心，這輩子我是跟定你了，也許這句話你可以留著下輩子繼續問我！」

3D心象

她拿起一本3D畫冊，把雙手伸直，眼睛一動也不動盯著畫面。她知道只要有耐心，找到正確的焦距視角，瞬間就會從平面落入深不見底的立體世界。當然有些圖片很容易就露出真相，有些左看右看也看不出眉目，像他。

平面的他，斯文有禮，謹言慎行，就像這淡雅而有些單調的畫冊封面，不認識他的人十之八九猜他是大學教授。她輕易就跌入他精心編織、看似厚實安全的網，如同一隻小小飛蟲毫無警覺飛向一株盛開的捕蠅草。

婚後，隱藏在平面下的真實形像浮現在她的眼前，她由驚而懼而想逃離。但是陷在黏濕的捕蠅草裡，掙扎的結果只有加速朝向死亡。

她本有一雙人人稱羨的美腿，為此，他只許她穿長褲或及地長裙。現在，這雙少見陽光的腿上有一團團大小不一深黑暗紫的圖印，像一幅抽象畫。這幅畫是他用他那雙堅硬的皮鞋為筆，猛烈反覆撞擊而成。耐心盯著這些圖案便能透視皮膚下爆開的微血管，再順著血管往深處看，血滴如一串晶瑩剔透的紅寶石懸掛在一顆破裂的心上。

一串鑰匙

她一個人過日子，卻有一串頗有份量的鑰匙。她常拿在手裡輕輕晃動著，讓清脆的撞擊聲敲落出不同時空的記憶。

上下相連著兩尾魚的黃銅色鑰匙圈，一尾銜著一個小銅環另一尾銜著大銅環，大銅環上掛著七把鑰匙和一串小魚。

她需要用其中兩把鑰匙進家門，一把開信箱，另一把開車，其他的早就可以丟掉。

頭大體長的那把是屬於他們的第一棟房子。當她使用那把鑰匙的時候，或是身旁有兩個孩子嘻笑著催促她快打開門；或是一推開門，就有兩個孩子撲向她的懷抱。

造型複雜的那把是屬於他們的第二棟房子。開門進屋，迎接的是種種挑戰。面對著青春期的孩子和同床異夢的伴侶，她必須把自己從頭到腳武裝起來，像個擊不倒的勇敢戰士。

最嬌小的那把屬於她自由無憂的未婚年代。打開門，雅潔的小窩裡，陳列著耀眼燦爛的夢想。

鑰匙圈和那串小魚是他送給她的，他說他們都屬雙魚座，以後會有一串魚子魚孫。只是最終她選擇了務實的金牛座，放棄了和她一樣愛作夢的雙魚座。

二十多年過去了，物換星移，金牛改變了性情，毀棄了他的誓言，四處追逐天邊的春夢。

當她用那把最新的鑰匙打開屬於她自己的豪華公寓大門，撲面而來的是清冷孤寂。她站在門邊伴著自己的影子，聽著留在耳際的鑰匙撞擊餘音。

倦鳥

他坐在輪椅上，膝上蓋了條毛毯。

她推著他在春陽中繞著公園散步。

她不時低下頭對他說些什麼。

陽光在兩個緊靠一起的白頭上閃閃發光，遠遠看去是一幅美麗又溫馨的畫面。

走近了，就可以聽到她叨叨絮絮唱著獨角戲，但語氣絲毫不溫柔和善，字字如同堅硬冰冷的子彈落在他歪斜的頭上。

「你看你這鬼樣子……除了我誰要管你……」

「錢被騙了……狐狸精跑了……中風了，這叫報應……」

「拋家棄子……你是無情無義的無賴……」

「你知道我過著什麼樣的日子？被拋棄的黃臉婆，在別人面前抬不起頭，每天躲在家裡哭……」

「人家以為我原諒你倦鳥知返，寬宏大量收留你……我哪有那麼偉大！我要你活著，我要你聽我心裡的怨，我要你知道你多對不起我……」

這些話從三年前他窮途末路回到她身旁起，已不知重播了多少次。

她心裡的怨像永不枯竭的高溫泉水，熱氣騰騰，一汩汩從她嘴裡流出。

他嘴角涎著口水，兩眼茫然，也不知聽進了多少。

兩人披薩

一個完整的圓，上面鋪蓋著五顏六色的配料。

她取出一片，很有耐心地一樣樣揀出她不愛吃的，盤子邊築起一小堆被她淘汰的食物。

等她整理好她的披薩，再和他交換盤子，他的盤子裡也有一些揀出來的東西。其實他並不挑食，那些東西不是他不愛，是因為他知道她喜歡，刻意揀了出來。

接過對方的盤子，再把配料擺在自己的披薩上。他的那片披薩堆著厚厚的配料，他帶著滿足的笑容大口咬下。她的那片很多坑口填不滿。

一片被剝得坑坑疤疤的披薩，在婚前她會覺得倒人胃口，寧願不吃。婚後，她發現自己對許多事物有了完全不同的看法。面對重新組合的披薩，她不但不厭惡，吃起來似乎更有一番滋味。

她知道可以要一個有兩種口味的披薩，但是同一張餅上楚河漢界，一半是她的，另一半是他的，像是同住一屋簷下的室友，各有一片天卻各不相干。

看他吃得開心，她突然冒出一句：我們不是室友。

他抬起頭，滿臉問號看著她。

公園裡的男子

長木椅上坐著一個年輕男子，貼身的T恤可以看出是喜歡運動的人，只是肌肉雖厚，但像是曬了一天太陽的氣球，不再那麼飽滿堅實。

天氣偏熱，有風，是做水上運動的好日子，他想著掛在車庫的沖浪板好久沒用了。

坐在樹蔭下有點昏昏欲睡。為了做個盡職的人，夜裡必須起來輪班，好幾天沒睡好覺，真想橫躺下來睡一大覺，只是有個人必須全神貫注監視著，容不得他打瞌睡。

今天是週末，早上幾個朋友約他打球。

「不行，有任務在身！」他說。

這任務非他莫屬，不然會有人呼天喊地不肯罷休。

眼前是小公園的兒童遊樂區，幾個小朋友正嘻笑著溜滑梯。天真的孩子們真容易滿足，小小一方地，幾樣簡單的設備，就玩得不亦樂乎。他懷念起留在高山海洋的足跡和不辭辛苦四處尋求挑戰的歲月。

「爹地！爹地！」一個三歲左右，一身粉紅裝扮，梳了兩條小辮子的小女孩奔向他。

太太在家照顧新生兒，他自然而然就成了女兒的貼身保鏢。

「我要玩鞦韆，你來推我！」小女孩拉著他的手說。

是執行任務的時候了。

他謹慎地運用雙臂肌肉的力量，把鞦韆推得又高又穩，小女孩咯咯笑喊著，「更高！更高！」

他想著沖浪板高舉在浪頭，準備順勢而下的刺激痛快，但是他知道屬於他的浪頭已沖向沙灘，他只能回味而不能眷戀。

他心甘情願把快樂的浪頭讓給女兒。

垃圾

在垃圾車來收垃圾的前一小時，她會非常忙碌，淘汰再三，最後只剩下一小袋。在打結送出門前，她還要再翻看一遍。

男人離家，留給她兩個稚齡孩子和一筆不小的債務。捉襟見肘的日子，讓她捨不得丟棄任何將來也許會用上的東西，不大的居住空間，堆滿了瓶瓶罐罐等無用之物。

最近感到腳步越來越沉重，懷疑是不是變胖，但是磅秤上的數字並未增加，甚至有時候還往下掉。

「媽，我猜想大概是妳心裡裝了太多垃圾，所以壓得妳走不動……」女兒像心理醫生為她分析。

「說得容易」她暗暗嘀咕。沒有人能體會她心中的怨，她更覺淒苦。

從小她就覺得是家裡多餘的份子，在眾多子女中她最不得寵，她想也許在父母眼中她只是一件可有可無的垃圾。之後又遇人不淑，嫁給不負責任的男人，像垃圾一樣被丟棄，害她辛勞一生。

她老是唉聲嘆氣，見人就訴說自己的不幸，為什麼她的人生老是遭遇著不平和坎坷。

其實她現在的日子並不算差，一雙兒女雖然沒什麼大成就，至少有固定的工作，對她也會噓寒問暖。但是她總對人說，辛苦養大的孩子，長大成人就棄她而去。

兒子結婚後搬出去住，雖同住一個城市，但每個月見不到一兩次面，想是兒子被媳婦牽著鼻子走。她第一眼就不喜歡那女人，薄薄的嘴唇，吊梢眼，看起來就是厲害角色。

在門口她把垃圾袋打開，拿出兒子給她的果醬空瓶子。兒子常拿回來半瓶果醬要她幫忙吃，因為快到期了。媳婦愛吃果醬，他們冰箱裡擺了各種口味的果醬。她想不通為什麼不吃完一瓶再買一瓶，過期丟了豈不可惜，只好幫忙吃，其實她並不愛吃果醬。

想著媳婦的浪費，心口悶漲起來，恨恨地用力把垃圾袋打個死結。

媽寶

公婆來家小住。餐桌上，妻子一如往常，不斷挾菜到兒子的碗裡，嘴裡叨唸著：「多吃點才長得高！」

婆婆忙著一筷子一筷子地挾菜到丈夫的碗裡，說：「上班辛苦，要多補充點營養！」

公公坐在一旁靜靜地吃著飯。

晚飯後，丈夫特別擺出一家之主的姿態，命令兒子幫忙收拾碗盤、倒垃圾。

妻子接過兒子手中碗盤，說：「媽來！你去房裡看書、寫功課。」

丈夫想加入看電視的行列，被妻子叫住：「你幫我清清廚房，我也忙了一天！」

婆婆從電視前移步到廚房，對著妻子說：「不要太寵孩子，從小訓練做點家事也是好的。」

然後轉過頭，拿下丈夫手中的抹布，說：「媽來！上了一天班也該休息休息，你陪你爸看電視去！」

小別之後

她決定單獨去渡十五天長假。

距離會產生思念，思念會灌溉愛情，小別勝新婚，她想找回新婚燕爾的時光。

他們說好不做任何聯絡，除非緊急狀況，有意把思念膨脹到極限。

坐在白沙灘上，眺望綿延不盡的藍天碧海，景物依舊。回想七年前的蜜月，他們曾在此相依相偎編織未來的夢想。只是夢想如同婚宴中的裝飾，很快隨著褪下的結婚禮服埋進箱底，日出日落，夢想終被遺忘。

失去共同的夢想，兩人逐漸成為沒有交集的平行線。生活在同一屋簷下，但在失焦的眼中，形象變得模糊不清。

分別了幾天，她開始看到他的面孔，聽到他的聲音，甚至聞到他的氣息，彷彿來自她的體內，是她自己身體的一部分。

她想她找到了遺失的東西，猜想他也如此。

懷著如新嫁娘般甜蜜的心情回到家。

家裡似乎少了什麼，顯得空曠冷清。

餐桌上擺著一份離婚協議書和一張短箋。

短箋上寫著，謝謝她給他冷靜思考的時間，相信這也是她期待的結局，他已搬出去，請她盡快簽字，並祝福她有個美好的未來。

影子

如果一個六十歲的女人在言談中還常把媽媽掛在嘴邊，可以想見她母親對她的影響力。

她是父母唯一的孩子，媽媽一心要把她打磨成一顆耀人眼目的明珠。

媽媽常對著她說，「媽喜歡妳這樣……」，「媽媽不喜歡妳那樣……」。她的取捨完全以媽媽的喜惡為準則。雖然媽媽在她剛成年時就去世了，但是媽媽的影子始終像把傘把她從頭到腳密密地遮護著。

她一生未嫁，倒不是沒有論及婚嫁的對象，只是每到最後關頭，她無法不問自己，「媽媽會喜歡嗎？」

她得不到正確的答案，猶豫再三，最終還是選擇了放棄。

快樂人生

網路上他有不少追隨者，他像是很有思想的哲學家，常給大家一些生活建言。譬如他鼓吹大家要及時行樂，做自己喜歡做的事，不要老是想著工作，想著賺錢。他喜歡旅行，隨時拿了背包就上路，從不思前顧後，更不需要看老闆的臉色請假。一路上他會拍許多精彩相片貼在網上，看到追隨者毫不吝嗇地按讚，他感到滿足又快樂。

大學畢業後他拒絕當上班族，大部分時間悠遊於網路或旅途。當銀行存款見底，他只需打電話給早出晚歸辛苦賺錢無暇休息的父母說：沒錢了！

他在網上寫道：錢財生不帶來死不帶去，能花就花，我的父母真是想不開！

情人節之約

她的生日非常好記，二月十四日情人節。

三十多年前他們一起看電影《金玉盟》，感動於偶然邂逅的男女主角相約日後在帝國大廈頂聚首再續前緣。她說：「萬一我們分手，我六十歲生日當天中午，我們在在帝國大廈頂見面！」

三十多年後他們因緣際會來到紐約，懷著好奇心他們登上帝國大廈頂。當天是個難得的好天氣，遊客不少，東方面孔佔了半數。他們依著記憶尋找昔日戀人。

記憶中，她有張圓圓的臉和一對鳳眼，笑起來非常甜美。只有一位衣著入時的女人像是獨自前來的遊客。尖尖的下巴，挺直的鼻梁，和一雙透著霸氣的杏眼，皮膚光滑看不出實際年齡，他稍看一眼就把她略過。

記憶中，濃密微捲的頭髮和有稜有角的下巴是他魅力所在。環顧四週，遊客幾乎都是結伴而來，只有一位穿著舊夾克的老先生，臉上掛著厚重的雙下巴，光亮的頭上散著稀疏的灰髮，獨自來回踱著方步。她最瞧不起這種不重保養、暮氣沉沉、未老先衰的男人。她自己六十歲了依然精力旺盛、叱吒商場。她瞄了他一眼就不願再看第二眼。

他們搭同一電梯下樓，為對方的爽約感到無限悵惘。

救人效應

他穿上一件全棉格子襯衫，一條卡基褲，套上最新的一雙咖啡色便鞋，這是她最欣賞的搭配。騎上摩托車，目的地——他們最愛的海邊。

天氣微涼，薄薄的晨霧，正好阻隔人們的視野。

消沉一個月，做了最後決定，厭倦老當失敗者。

坐在沙灘上，回想往事，年輕的生命並沒有太多事可以回顧，他只能專注最近發生的兩件事。

失戀，百般遷就，她卻遺情別戀。

失業，腳踏實地努力工作，老闆卻只聽信會舞弄舌頭的小人的話，讓他失去工作。

失戀又失業，他遍體鱗傷，失去還手的力氣。

終於他站起身緩緩走向海裡，繽紛的海底世界是他一直嚮往的地方，如果他的靈魂能永遠和各種美麗的魚兒共處，也不算太糟糕。

風在耳際呼呼吹過，隱隱約約風裡似乎夾著呼喊聲，他回過頭，看到不遠處有人向他招手。突然間，那人倒在地上，他趕緊跑過去，是位老先生，用手捂著心臟，很痛苦的樣子，他想大概是心臟病。趕緊施展最近才學會的急救法，四下無人，他不知如何是好，老先生倒還很清醒，叫他去最近的商店打電話叫救護車。

在醫院醫生說並無大礙，也許是太過勞累，休息幾天就沒事。

老先生無親無故一人過日子，他好人做到底，擔起照顧老人的責任。老先生曾經是個非常成功的商人，為了感謝他救命之恩，邀請他共同創業。

二十多年後，他們建立一個規模不小的公司，他也結婚生子，有個美滿家庭。老先生老當益壯，最後無疾而終。

臨終前老先生似乎又回到二十多年前的海邊。

那幾年一切都不順利，日子一天比一天昏沉黑暗。最初是獨子車禍喪生，接著老妻臥病在床，終於還是離他而去，生意合夥人又昧著良心，吞了他一大筆錢，他實在不願意再承受任何的打擊。

他坐在岩石上，等待此生最後的日出，回想起當年和兒子晨釣的快樂時光，他吸著煙耐心等待晨曦穿透眼前的薄霧。終於他看到遠處微微的光暈，不久就會渲染出一片斑斕瑰麗，但是一切良辰美景都不再屬於他，他只想閉上眼，沉沉睡去。

他把煙蒂丟在一旁，站起身準備投向妻兒的世界。

突然，他看到不遠處有個人影在走動，是個穿著整齊的年輕人走向海邊，立刻，他猜想到年輕人的動機。

他向年輕人跑去，假裝心臟病發作，為了讓年輕人忙著救他而忘記尋死。果然年輕人忙著為他作人工呼吸，忙著打電話叫救護車，忙著照顧孤單老人，忙著和立志東山再起的老人共同創業，忙著經營逐漸上軌的公司，年輕人和他一樣忙著享受著生命的樂趣。

老先生為自己當年的急智而救了兩條人命，感到萬分欣慰，當他嚥下最後一口氣時，微翹的嘴角像是透露幾分得意之色。

最後的反叛

五十年來，他們總是同進同出，如影隨形，當然她是影他是形，像一對鶼鰈情深令人羡慕的夫妻。

她覺得和他生活在一起，像是頭上罩了一個挖了兩個洞的紙袋，視覺聽覺都受到限制，連呼吸都不順暢，鏡中顯現的是沒有面目的自己。

她不時興起出走的念頭，想踏出一條自己的路徑，即使是條羊腸小徑，她也會視為天堂之路。當然那只是私藏心底的白日夢，只有在夜深人靜輾轉無眠的夜晚或做完家事無人打擾的午後，她才會把她的夢想從層層包裹的厚網中釋放出來，幻想自己另個人生。

她跟著他在看似平坦的大道上緩緩而行，他是相當霸道的司機，方向、速度一切由他操縱，他只希望她是個順從的好乘客。

她曾經抗議過，他說，妳無憂無慮過日子有什麼不好？自從她認知那是一場永遠不會贏的戰爭，她學會當個好演員。

她做他愛吃的菜，穿他喜歡的服飾，梳他覺得好看的髮型，一切遵守和諧家庭的版本來演出。他對生活非常滿意，稱讚她是賢內助。

她去世後，子女遵照她遺囑上再三的要求，沒有把她和他合葬一起，雖然那是他的遺願。

眼淚

媽媽的眼睛常常淹在水裡，閃閃反射著亮光，像兩個小水塘，有時候水太滿了就會延著她的臉頰串成兩條小河流。

我問媽媽為什麼哭，她總說沒在哭，是有沙跑進眼裡，是辣椒嗆的，是油煙熏的，反正有很多原因讓媽媽落淚。

女兒是個細心敏感的孩子，每次看到我暗自流淚，總會問我為什麼哭。然後她的一雙大眼立刻變成濕的水晶球，像是隨時會炸開成點點碎片。

我只能吸口氣，平靜心頭的波濤，再尋找各種理由告訴她媽媽沒哭。如果我說眼裡有沙，要她幫媽媽吹走眼裡的沙，陰鬱的小臉立刻破啼為笑，賣力向我眼裡吹著柔柔暖暖的氣。

我不知道要等她長到多大才能對她說，媽媽在哭，因為妳爸爸傷了媽媽的心！

月亮的味道

清晨，他低著頭步履急促地趕公車上班。惺忪的雙眼要靠濃苦的咖啡支撐著，沒完沒了的公務私事盤據整個腦海，讓睡眠失去了著落點。

街角總有幾個露宿街頭的遊民，熙攘的行人和堅硬冰冷的水泥地也擾不到他們的清夢。他羨慕他們的好眠。

老闆逼他趕進度，又老把別人做不完的工作丟給他；他不善拒絕，只能唯諾接受。

她說他是工作狂，滿腦子只想工作，她只是他眼中的隱形人。

昨天她氣他竟然忘記她的生日，堅持要回娘家住一陣子。

他很煩，真想丟掉身上所有看不見的牽絆和枷鎖，一無所有是不是可以換得精神上的寧靜？像街上的遊民，失去了一切，似乎連憂愁煩惱也無影無蹤。無夢的人生，可以倒頭大睡。

躺在車站附近的一個遊民似乎感應到他的注視，翻個身緩緩坐了起來，扯扯襤褸的衣褲，伸出手臂在鼻下嗅了嗅，抬起頭彷彿是對著他說：

「嗯！是月亮的味道，曬了一晚上的月亮，月光弄溼了我的衣服！」

啊！多麼瀟灑的敘述，像一首詩！他不記得上次是什麼時候和月亮對望。沾著月光雲遊四方的詩人，何其浪漫；他對遊民投以景仰的一瞥！

如果他也能拋棄一切，主宰自己的生活，一定快樂得多；如同一哲人所說，當自己的國王比擁有世界的皇帝還富足。

遊民慢慢站起，蹣跚走向他。一股強烈的酒臭加上尿臊味，毫不留情擊碎他短暫的遐思。

「先生，賞點零錢吧！」一隻污濁的手攤在他眼前。

他從褲袋裡掏出兩枚硬幣給了遊民，然後快速跳上駛來的公車，開始例行的一日。

演出

當電視裡的嘻笑怒罵被嘎然切斷，只聽到巷口傳來時斷時續的狗吠。帷幕即將升起，她沐浴抹香準備登台。

電腦螢光打在她臉上，她面帶微笑，全心全意投入戲中。

選了一張十年前和他倚著橋欄的合照，一字一句細細描述他們攜手登山涉水的歡樂景象。

昨天選了一張多年前做的晚餐，三菜一湯，那是為了慶祝他生日，她用心搭配的菜色。餐桌上有鮮花和蠟燭，整個畫面繽紛熱鬧，正如當時他們對彼此的感覺和對未來的憧憬。

她仔細看了一遍自己的文字，很滿意地放上臉書，然後靜靜等待著。

忠誠的臉書朋友很快地有了回應，讚的數目逐漸增加，偶而有人留言，「好幸福喔！」「好羨慕啊！」

她心滿意足關了電腦，當螢光快速凝成一個小點在她眼前散去，她的心情立刻和電腦一起跌入黑暗，一如這一年來上臉書的例行程序。

帷幕闔上，演員笑僵的臉孔有些無所適從的茫然。

回到清冷的床上，想著他們從什麼時候開始漸行漸遠。

夜已深，今晚他大概又不回家了！

燈泡與愛情

書房裏有一張大書桌，他們喜歡面對面坐在桌前做自己的事；不時抬起頭相視一笑，笑裡含著萬種柔情、無限恩愛。他們想，日子大概就如此這般浸在甜水蜜汁中悠然度過。

後來書房天花板上的燈壞了。

她說了好幾次，「換個燈泡吧！」

「不急嘛！等週末吧！桌上的檯燈就夠亮的。」她聽出語調裡有敷衍的口氣。

等著等著，檯燈的燈泡也壽終正寢。

「檯燈的燈泡該換了！」她提醒他。

「嗯！老忘記買燈泡，記得提醒我！」

黑暗的書房兩人都不踏入，各自找了別的角落做自己的事。

她記得燈泡的事，只是不願一提再提，有些賭氣似的，終不再提。

當然她可以自己去買燈泡，換燈泡也不過是舉手之勞，單身時也不是沒換過；但是現在她是他的妻子，他說過，他愛她，願意為她做任何事。

書房像是被遺忘了！

她憂鬱地等著家裏的燈一盞一盞滅去。

甜甜圈的誘惑

女人打開桌上紙盒，裡面有兩個沾了一層巧克力的甜甜圈，底部有個小小裂縫流出一絲嫩嫩的的奶黃，有餡的甜甜圈，雙重誘惑。

「吃個吧！早上買的，我去煮杯咖啡。」女人聲調也沾了糖。

他愛吃甜食，大學時和室友們比賽吃甜甜圈，沒人比得過。

步入中年，燃燒不盡的熱量只會變成身體的負擔，他努力克制自己的口腹之慾，只偶而偷吃一口。

出差巧遇過去的女友，寂寞的女人。邀請他來她的住處，他知道她想什麼。室友們對他追女友的本事也是甘拜下風，他似乎洞悉所有女人的心事。

女人端了咖啡出來，換了件薄麻沙長衫，身材較過去豐腴些，另有份成熟女人的風韻，如同桌上的甜甜圈，散發著難以抵擋的誘惑。

婚後，他收斂自己的多情，對女人只採遠觀的態度，雖然對他而言是份艱難的事情，但是他知道婚姻之船承載不動走私的情感，終將沉沒。

「吃吧！」女人把盒子推近，鼓勵著，身體也跟著貼近。

他同時聞到甜甜圈的奶油香，和女人身上的香水味。

有些頭重腳輕，有些暈眩。

心裡天人交戰著，他不是聖人，不需要當柳下惠，人生苦短，該當及時行樂，不是嗎？只是「樂極生悲」這四個字像個顯眼的浮標也同時在腦海晃動。

終於，他說服自己只選其一，偶而放縱一下自己是可以原諒的，況且沒人會知道。

他伸手拿起甜甜圈往嘴裡送，三兩下吞下肚後，喝口咖啡，抹抹嘴，毫無遺憾地向女人道別。

窗景

客廳東面有一大片落地窗，眺望遠方的山和近郊的湖，湖光山色隨著四季變換，整棟房子被渲染成不同的浪漫情調。

當初房子主人被這窗景吸引，毫不猶豫買下這棟房子。

之初，他們常面窗而坐，談心說笑。

之後，早出晚歸的忙碌生活，窗景淪落成像書架上蒙塵的小擺飾之一，終於視而不見。

在家的時候，他們不是在地下室看電視，就是在臥房睡覺。

曾幾何時，他們開始嫌面東客廳陽光刺眼，窗簾常合著，日初日落、星光月色被隔絕於屋外。

後來他們離婚了，毫不留戀要把房子賣掉。

房地產仲介帶客人來看房子，最誇耀強調的就是客廳的這片落地窗。來看房子的夫妻們，無不歡欣讚歎，彷彿一窗景色映照著他們未來的幸福。

笑話

在一個午餐聚會裡，一個身材嬌小臉上有兩個酒窩的女子未語先笑的說，告訴妳們一個笑話。說完後，幾個女人顧不得優雅，笑得前俯後仰。那真是個很好笑的笑話。

只有她，在震耳的笑聲裡，帶著困惑的神態問說笑話的人，她不認識她，是朋友帶來的朋友。

妳哪聽來的笑話？

我男友。

他最近告訴妳的嗎？

嗯！我男友有時候半夜睡不著，就胡亂寫詩啊笑話啊什麼的寄給我。今天早上一開機看到這個笑話，讓我笑翻在床上。妳不覺得很好笑嗎？

昨晚睡前她靈光一現編的笑話，身旁的他是唯一的聽眾。

等待

他愛攝影，花兩小時等待瞬間的永恆。

他愛釣魚，花整天時間等待大魚上鉤。

他愛讀書，花十年時間等待研究成果。

他愛做夢，花一生時間等待夢想成真。

她愛他，靜靜坐在窗邊等待他來敲門。時間一絲絲地流走，不知等了多久，只知道有足夠的時間，讓白雲慢慢爬上她的頭髮，讓陽光在她臉上刻上一幅抽象畫。

紅豆湯與綠豆湯

她點一碗綠豆湯，他點一碗紅豆湯，兩人相視而笑，津津有味地一匙一匙吃得一粒不剩。

她愛綠豆不愛紅豆，他喜紅豆不喜綠豆。

婚後她掌廚，綠豆湯成了桌上常客，她說，綠豆湯營養價值比較高，養顏又排毒，你聽我的絕對沒錯，他雖然沒說什麼但是仍然想著紅豆。

她以為她改變了他，於是野心勃勃想把他打造成她心中理想的丈夫。

逐漸地，他不愛回家，有時候他獨自去吃紅豆湯，有一天他遇到一個同樣只愛紅豆湯的女人，他們很愉快地聊起來……

從此他拒絕她端給他的綠豆湯。

茉莉花香

他家裡時時飄散著茉莉花香，甚至從他身上都嗅得出一縷淡淡的香氣。

小時候爸爸偶而會帶他去一個爸爸叫她「莉莉」的阿姨家裏玩。莉莉阿姨不但長得漂亮，而且對他疼愛有加，總給他好吃好玩的東西。

莉莉阿姨家陽台有一棵會開著小白花的樹，跟他一般高，栽在一個美麗大瓷盆裏，開花的時候，隨著微風整個家裡充滿著令人沉醉的香氣。

他喜歡莉莉阿姨的家，好幾次他問爸爸可不可以住在阿姨家不回家了，爸爸總是嘆著氣搖搖頭。

他發現爸爸有兩個面貌，在花香裡的爸爸會說很多話，風趣又親切；在家裡的爸爸就變得沉默又嚴肅，只有媽媽那永遠像在生氣的聲音在四處迴盪跳動，尤其說到「離」這個字，媽媽一定提高聲音叫嚷著。

常常他在房裡可以聽到爸爸幾乎是用哀求的口吻對媽媽說：

「何苦呢！……大家都痛苦……」

「不離！不離！……休想……永遠不離！」媽媽越說越大聲。

聽到最後，他必須用雙手用力遮住耳朵，他不喜歡媽媽尖銳刺耳的嘶吼聲。

他知道爸爸有時候一定住在莉莉阿姨家，爸爸不在家的夜晚，媽媽會喝酒，然後丟東西。

後來爸爸車禍去世，媽媽認為是因為她常在憤怒中詛咒爸爸「不得好死！」。媽媽一輩子就在怨恨和懊悔中度過。

之後，他再也沒見過莉莉阿姨，但是莉莉阿姨家的一朵朵小白花像刺青般深深刻在他身上，不時會釋放出只有他能聞到的香味。

他以為自己永遠不會結婚，婚姻像一處沒有告示的流沙，是萬劫不復的陷阱，他不想步他父親的後塵。

妻子身上的香味像一條輕柔的絲巾，層層矇住他的眼，憑著嗅覺，把他引入婚姻的流沙。

後來他知道那是茉莉花香，那香水是法國名牌的產品，價錢可想而知，如果當初能在這點上看出妻子的消費習慣，也許他還可以全身而退。

結婚越久他越需要茉莉花香，像酗酒者倚賴著酒精。

有一天他下班回家，沒有香味的妻子向他走來，他像跳上岸的魚立即產生缺氧的窒息感，更恐怖的是，他看到妻子身上隱隱疊著母親的影子。

之後，他像強迫症患者，常常不自覺地拿起梳妝台上的香水瓶，就著燈光看看還剩多少。採購香水成了他不能輕忽的任務，香水的價錢已不在考慮範圍內，每次都買最大的一瓶。

像莉莉阿姨一樣他在陽台種了幾盆茉莉花，但是花朵並不是全年盛開，不是花季的時候，他就拿起妻子昂貴的香水像芬芳劑一樣在家裡四處噴灑一點。

終於，他成了散著花香的男人。

黑咖啡

她皺著眉喝一口色如濃墨的咖啡，苦水下肚，緩緩舒口氣，似乎品嚐苦味才能釋放心中的怨。

那時候總是兩人一起喝咖啡，他為她加糖和奶精，喝進嘴裡全身甜蜜溫暖。

隨著兩人漸行漸遠，糖和奶精的份量不知不覺在杯裡隱退，終於她接受未加任何添加物的原味咖啡，如同她接受失去愛情的婚姻。

她知道，他仍然不時和別的女人一起喝咖啡，殷勤地為對方加糖和奶精。

陽台事件

陽台不大，她擺了一張小桌兩張竹椅。春天，我們各佔一張椅，讓暖暖春陽浸透全身，有時候我們會忍不住發出輕微的呻吟；夏夜，我們相偎在閃閃星空下，涼風拂面，吹散一身燥熱，然後我們會有一夜好夢。

陽台是整個家中我們最愛流連的角落，她和我靜靜相守，傾聽彼此的氣息。

那天是個寒冷的冬夜，天冷的日子我們最常窩在沙發看電視。她講完電話，一言不發，攜我在陽台喝冷風發呆。冷風刺骨，我開始抗議。

她站起，撫摸一下我的頭，用很奇怪的眼神看著我，然後把小桌搬到陽台邊，爬上桌子，像跳水選手，咻一聲，從我眼前飛躍欄杆外。

最近她常緊緊抱著我，溫熱的淚水滴在我身上，讓我感到很不舒服。以我敏銳的觸覺，我知道不尋常的事將會發生。但是我無法改變一切，畢竟我只是隻貓，而她是個失戀的女人。

我只能無助地站在陽台邊，不斷地喵喵哀鳴。

雕塑美麗

她去整容院如同去市場般稀鬆平常，一開始的忐忑不安早被豐唇高鼻擠出腦門之外。攬鏡自照，她自己都快認不出有著模特兒般標準五官的鏡中人。

她不解為什麼婆婆依然沒有改變對她的態度，而先生似乎離她越來越遠？從第一次見面，她就感受到婆婆身上發出的寒氣。

「我就喜歡妳的塌鼻子和大門牙。」他常摸著她的鼻子對她說。

她從小就知道自己不屬於美女之列，但是從來也不曾為自己的相貌煩惱憂心過。

「不要在意我媽，她大概認為所有的女人都配不上她的兒子！」他安慰她。

面對她的婆婆，她所有的自信都被寒氣凍得立不住腳。

她開始對自己的容貌吹毛求疵。

先墊高鼻子，再整牙齒，再拉長臉形，然後豐唇、美膚……，她沒想到現代人的臉可以像塊麵團，任意捏扯改造。一心追求美麗，她像個神經質的雕塑家，老是覺得塑造出的成品有再改進的必要。

那天她從整容院出來，在對街看到先生親密攬著一個女人走進一家餐廳。從側面看，那女人有個塌塌的小鼻子和微微的暴牙。

電腦高手

他們幾乎每天都在車站碰面，她早他兩站下車，他常幻想和她一同下車，陪她走去上班處，一路上他們可以講很多話。只是一年多來，他移不動自己的腳步，只能目送她的背影消失在人群中。

那天正好她站在他旁邊，他很有禮貌請她先上車，她有點驚訝，但立刻回聲謝謝，接受了他的好意。

在車上不巧四目相對，他正尷尬想逃開視線之外，她卻對他淺淺一笑。是給他一個讚嗎？他有點不知所措。如果他是在網上和朋友互動，他可以回報一張可愛的或很酷的的臉，而此刻他完全喪失了表情功能，只胡亂牽動了一下嘴角。

下次碰面可以和她交談嗎？說些什麼話題呢？話不投機三句多，別一開口就被封殺出局。

在公司他是屬一屬二的電腦高手，可以解決各種疑難雜症。她喜歡上網嗎？他可以輕易解開她精心設計的密碼，一覽所有藏在裡面的祕密。他會知道她喜歡什麼食物，欣賞什麼電影，有什麼樣的朋友，怎樣的消費習慣，甚至她銀行有多少存款。

他能掌握話題，投其所好，輕鬆地和她交談，如同手指在鍵盤上飛舞。

問題是，如何開口向她要電話、問姓名或任何社交網址？

次日，他們又在車站相遇。他偷偷望著她，不知道要怎麼踏出下一步。

心想，如果她是台電腦多好！

誰來撐傘

她老在細雨綿綿的時候逛街或散步，不是貪享濛濛霧水帶來的詩情畫意，甚至討厭黏濕馬路帶來的髒亂和不便。

也許是言情小說看多了，她為自己編了一齣美麗場景：當她無助地在雨中行走，一位體貼的男士出其不意地撐出一把傘，像守護神一樣擋住她頭頂上細細的雨絲。

來來回回也不知淋過多少雨水，她的期待逐漸地被沖淡冷凝。

她發現在細雨中撐傘的男人並不多，大多數似乎無感雨的存在，頂多加快點腳步，或把連帽衫的帽子拉上；而少數撐傘的男人，必定是西裝革履，小心護著自身行頭，沒有餘地分享傘下小小的空間。

細雨，或許對大多數男人而言，等同是許多女人斤斤計較實則不足掛齒的小事物之一。無關情事，無關體貼。

終於，她在手提包裡備了一把輕巧的雨傘，隨時為自己遮擋不測的風雨。

後記 生命長河

西雅圖陰冷多雨的氣候，讓人很難拿捏什麼時候該翻土播種。今年春初竟然還下了場大雪，好不容易等到四月下旬，天氣終於回暖了些，快馬加鞭做完春耕諸事。在這偏北的氣候區，想要收成就必須完完全全掌握住五月到八月這段陽光充沛的黃金期。偏偏老天爺使了性子，不想按牌理出牌。五月上旬氣溫直降，再度把冬衣披上了身。可憐剛露出嫩頭細頸的新芽，怎敵得過料峭春寒，立刻又進人冬眠狀態，停止了生長。日子一天天過去，總不見甦醒，心中開始著急，睡太久錯過時令，可就沒機會開花結果了！

春去夏來，生命在時光的流逝中成長，然而時光的流逝卻無法保證生命必然成長。種子播了不見得發苗，苗發了也不一定成樹，其中變數沒人說得清。

人的一生，生老病死順序而下，也許是最正常的生命流程，但是變數參於其中，於是又有了其他的組合順序。當然只擁有生而免除老病死，是絕大多數人的至高願望，但這只是癡夢妄想，不能認真。生和死必定是頭尾兩端，所以除了生—老—病—死，還有生—病—老—死，生—老—死，生—病—死，生—死。看起來無病而能壽終正寢，應該是比較幸福的，問題是選擇權不在於我。四十八歲被診斷出乳癌，我的人生流程只有兩種可能，生—病—老—死，或，生—病—死，這其中的差別只在於擁有時間的多寡。

快進入六月了，必須想法子喚醒這些睡得香甜的小芽。你們可懂？時間只會前進流逝，不會停留等待。找了些透明的容器覆蓋其上，權充暖房。終於一瓣瓣葉片開始舒展，生命重新在時間的長河裏延續。

如果時間是一條綿綿無盡、個中參差著無數瀑布的長河，人的一生就是從一段溪流到一個瀑布的過程。當你隨波而下，嚮往的是遠方的美景，而不會設想瀑布的落點始於何處。當你的身體有了癌細胞，醫生會告訴你所謂的「存活率百分比」，突然間你測量到瀑布與你的距離。你掙扎著想逆流而上，但是時間的長河是不許你回頭的。

為了彌補起點的落後，再覆蓋一層黝黑的肥土。後院樹高蔭濃，無力擷取陽光，只能給予充足的養分，先天不足，後天必須有餘。翻土種菜，也是順應養生學說，給自己危危顫顫的身體，多一些健康的樑柱。

隨著豔陽高照的七月到來，小芽以千軍萬馬的雄姿，攀延伸展。南瓜和意大利瓜的表現尤其驚人，葉片由如拇指，進展到如掌，到如今碩大如傘，不得不讚嘆生命力的強勁。難道植物也有時不我予的感悟，趕在時間的激流裏，完成生命的使命。

恆古以來，時間以特定速度緩緩前進，但是不同年齡卻有不同的感受，速度似乎隨著年齡的增長而加快。年幼時，總覺得時間的流逝太過緩慢，等待下個新年，是地老天荒的企盼；等待小學畢業，是一張張撕不完的日曆；等待中學畢業，是日以繼夜的煎熬。好不容易成了能掌握自己人生的成年人，時間卻如脫韁野馬奔馳起來。你開始說「不是才割了草，怎麼已是上星期的事了」「不是才交了水電費，怎麼又一個月了」「不是才吃了月餅，怎麼又要買月餅了」，日子由「度日如年」轉為「度年如日」。只是在平靜無波的長河中，你常常是微閉雙眼，懶洋洋地順流而下，任時間在耳邊忽忽地漂流，惟有碰到大石塊，震驚了你的美夢，才驚覺到水流如此湍急，離瀑布不遠了。

八、九月間，各家植物展現了不同的生命面貌。豌豆，葉小藤短，生長快速，短短兩個月就完成了生命周期。番茄和瓜類，開花、結實、成長，綿綿不止，直到快降霜，才會棄甲認降。向日葵很固執地以一根筆直梗莖，努力地向天空伸展，長到快八尺高，砰然開出一朵豔黃碩大如太陽的美麗花朵。之後，從花心一圈一圈長出葵瓜子，花瓣落盡，剩下一球飽滿豐實的瓜子高掛枝頭，好一個完美的生命句號隨風招展。

生命如向日葵，代表著巨大的成就，讓我懷想，卻自知不可能擁有。選擇向小番茄看齊，無止無休地開著嫩黃嬌小的花，結著圓潤可愛的果，直到寒冬來臨。

◆

這是多年前寫的一篇短文。

到目前為止，我依然每年會種幾棵番茄，享受摘採的喜悅。

同時，我也在心田種了一棵無形樹，書裡的小說是我灌溉施肥結出的果。

至於果實的品質和風味，就交給讀者去評賞了！

釀文學232　PG2210

需要一場雨：
翠希短篇、極短篇小說集

作　　者	翠　希
責任編輯	劉亦宸
圖文排版	林宛榆
封面設計	蔡瑋筠

出版策劃	釀出版
製作發行	秀威資訊科技股份有限公司 114 台北市內湖區瑞光路76巷65號1樓 電話：+886-2-2796-3638　傳真：+886-2-2796-1377 服務信箱：service@showwe.com.tw http://www.showwe.com.tw
郵政劃撥	19563868　戶名：秀威資訊科技股份有限公司
展售門市	國家書店【松江門市】 104 台北市中山區松江路209號1樓 電話：+886-2-2518-0207　傳真：+886-2-2518-0778
網路訂購	秀威網路書店：https://store.showwe.tw 國家網路書店：https://www.govbooks.com.tw
法律顧問	毛國樑　律師
總 經 銷	聯合發行股份有限公司 231新北市新店區寶橋路235巷6弄6號4F 電話：+886-2-2917-8022　傳真：+886-2-2915-6275

出版日期	2019年2月　BOD一版
定　　價	370元

國家圖書館出版品預行編目

需要一場雨：翠希短篇、極短篇小說集 / 翠希著.
-- 一版. -- 臺北市：釀出版, 2019.02
面； 公分. -- (釀文學；232)
BOD版
ISBN 978-986-445-314-6(平裝)

857.63 108000987

讀者回函卡

感謝您購買本書，為提升服務品質，請填妥以下資料，將讀者回函卡直接寄回或傳真本公司，收到您的寶貴意見後，我們會收藏記錄及檢討，謝謝！

如您需要了解本公司最新出版書目、購書優惠或企劃活動，歡迎您上網查詢或下載相關資料：http:// www.showwe.com.tw

您購買的書名：______________________________

出生日期：________年________月________日

學歷：□高中（含）以下　□大專　□研究所（含）以上

職業：□製造業　□金融業　□資訊業　□軍警　□傳播業　□自由業

□服務業　□公務員　□教職　□學生　□家管　□其它_____

購書地點：□網路書店　□實體書店　□書展　□郵購　□贈閱　□其他

您從何得知本書的消息？

□網路書店　□實體書店　□網路搜尋　□電子報　□書訊　□雜誌

□傳播媒體　□親友推薦　□網站推薦　□部落格　□其他__________

您對本書的評價：（請填代號　1.非常滿意　2.滿意　3.尚可　4.再改進）

封面設計____　版面編排____　內容____　文／譯筆____　價格____

讀完書後您覺得：

□很有收穫　□有收穫　□收穫不多　□沒收穫

對我們的建議：______________________________

____

____

____

請貼
郵票

11466
台北市內湖區瑞光路 76 巷 65 號 1 樓

秀威資訊科技股份有限公司 收

BOD 數位出版事業部

....

（請沿線對折寄回，謝謝！）

姓　　名：____________________　年齡：________　性別：□女　□男

郵遞區號：□□□□□

地　　址：____

聯絡電話：(日)________________________ (夜)__________________________

E-mail：____